Le blogue de Namasté

Namasté

> Amoureuse!

LES ÉDITIONS LA SEMAINE
2050, rue de Bleury, bureau 500
Montréal (Québec) H3A 2J5

Vice-président éditions secteur livres : Louis-Philippe Hébert
Directrice des éditions : Annie Tonneau
Directrice artistique : Lyne Préfontaine
Coordonnatrice aux éditions : Françoise Bouchard

Vice-président des opérations : Réal Paiement
Superviseure de la production : Lisette Brodeur
Assistante-contremaître : Joanie Pellerin
Infographistes : Marylène Gingras, Marie-Josée Lessard
Scannéristes : Patrick Forgues et Éric Lépine
Mise en pages : Jean-François Gosselin

Réviseures-correctrices : Rachel Fontaine, Julie Pinson
Photo de Maxime Roussy : Paul Cimon
Photos de la couverture : Shutterstock
Illustrations intérieures : iStockphoto, Shutterstock

Les propos contenus dans ce livre ne reflètent pas forcément l'opinion de la maison d'édition.

L'Éditeur bénéficie du soutien de la Société de développement des entreprises culturelles du Québec pour son programme d'édition.

REMERCIEMENTS
Gouvernement du Québec – Programme de crédit d'impôt pour l'édition de livres – Gestion SODEC

Nous reconnaissons l'aide financière du gouvernement du Canada par l'entremise du Programme d'aide au développement de l'industrie de l'édition (PADIE) pour nos activités d'édition.

© Charron Éditeur inc.
Dépôt légal : Quatrième trimestre 2010
Bibliothèque et Archives nationales du Québec
Bibliothèque et Archives Canada
ISBN : 978-2-923771-36-6

Maxime Roussy

> Amoureuse!

ÉDITIONS
LASEMAINE

Un manège éternel

Namxox

Publié le 20 octobre à 23 h 58 par Nam
Humeur : Exaltée

> Ça tourne !

Je dois dormir. Je dois dormir. Je dois dormir.

Cette phrase de trois mots, je me la suis répétée, genre, un million de fois. Résultat : je ne dors pas encore ! 🙁

Je ne suis pas capable. Ma tête est comme un carrousel dans une foire : ça tourne, ça émet des lumières de toutes les couleurs, ça monte et ça descend, ça fait de la musique et il y a un gars aux commandes vraiment bizarre, il n'arrête pas de renifler. Il a les cheveux gras et des poches sous les yeux. On ne sait jamais si, dans un accès de folie, il ne va pas appuyer trop longtemps sur le bouton vert et transformer le carrousel en lave-linge au cycle essorage.

Le problème avec ce manège, c'est qu'il n'y a pas de bouton rouge pour l'arrêter.

Demain après l'école, premier match d'impro des Dé-Gars. Il faut que je sois en super forme. Je ne veux tellement pas me planter !

Je viens de vivre une soirée folle : Mart m'appelle pour m'annoncer que Zac est mort à cause d'une négligence. Je vais faire une marche et je croise mon petit renard chéri, Haïme (je suis sûre que c'était lui !), comme s'il voulait me rassurer. Je reviens à la maison, je vais dans la chambre de mon frère pour reprendre l'ordi. Il dort, je fais attention de ne pas le réveiller, je retourne dans ma chambre sur la pointe des pieds et... et ce que j'aperçois sur le moniteur me fait subir deux autres chocs.

Que le grand cric me croque ! Je sais enfin qui est RKRP. Jamais, jamais de ma vie je n'ai soupçonné cette personne. J'aurais dû parce qu'en regardant son nom, son identité est évidente. 😮 Ça saute aux yeux ! Je me trouve assez poche comme détective. C'est un peu comme si j'étais policière, que j'arrive sur la scène du crime, un meurtre, genre. Et je ne vois pas que dans la foule des curieux il y a un mec avec une pancarte où il est écrit « C'est moi l'assassin ! » avec une flèche pointée sur lui.

Je dois avouer qu'après tous ces questionnements, je suis un peu déçue de la réponse. Je reviens, j'ai besoin d'explications.

(…)

Qui est RKRP ? C'est Fred, mon frère.

Pourquoi RKRP ? Ce sont les consonnes du mot « parkour », mais à l'envers.

Tous les morceaux du casse-tête se mettent en place. Il a vu et entendu arriver les pompiers chez Kim samedi dernier. Il a pu facilement me « voler » le lecteur numérique de Stive qui se trouvait dans mon sac à dos. Reste à savoir comment il a fait pour être informé de la tricherie de Jimmy. Et comment il a pu s'emparer du lecteur numérique de Stive.

Je reviens de sa chambre. J'ai voulu en avoir le cœur net. Pourquoi il ne m'en a pas parlé ? Parce que c'était moins forçant de m'envoyer des courriels ? Il faut dire que de ma chambre à la sienne, il y a à peu près dix pas. Vraiment trop fatigant pour lui, j'imagine.

Pourquoi avoir utilisé un pseudonyme ? Pourquoi avoir caché le lecteur numérique sous une poubelle dans un parc ? Pourquoi ne pas m'avoir dit, un matin, pendant qu'il mangeait ses céréales avec du ketchup (il fait ça depuis qu'il est tout petit, c'est dégueu !) : « Oh, je voulais te dire, j'ai des preuves qu'un des scrutateurs a triché. T'aimerais les voir ? » Me semble que ça aurait été tellement plus simple.

Au pire, laisser une bouteille dans le corridor avec un message dedans. Mes orteils, un moment ou un autre, l'aurait heurtée. Je l'aurais ouverte et j'aurais découvert son message.

Mais bon : rien n'est simple avec Fred.

Intriguée, je suis allée dans sa chambre. Il était dans la même position que lorsque je suis allée chercher l'ordi : assis sur sa chaise, sa jambe plâtrée posée sur un pouf, la tête sur le côté, la bouche ouverte.

J'ai essayé de le réveiller tout doucement en lui chuchotant son nom. Aucune réponse.

Puis, j'ai poussé son épaule. Aucune réponse.

J'ai pris une de ses béquilles et j'ai enfoncé le bout dans ses côtes. Aucune réponse.

Je lui ai foutu une super gifle (elle a produit des étincelles !), puis j'ai arraché une de ses oreilles avec mes dents. Aucune réponse. (D'accord, j'ai juste mouillé un de mes doigts et je l'ai glissé dans son oreille. Deux secondes plus tard, j'étais tellement dégoûtée que je l'ai retiré et je l'ai trempé dans la bouteille d'alcool à friction ; je crois que je viens de commettre mon erreur de jeunesse.)

Les médicaments antidouleurs de Fred, quand ils ne lui donnent pas des hallucinations, le rendent complètement K.-O. Alors je lui ai joué un tour : j'ai mis dans chacune de ses narines un crayon. Hi, hi, hi ! C'est super immature, mais je me trouve tellement drôle.

Je vais donc devoir attendre demain pour connaître le fond de l'histoire.

Par chance, la fraude de Jimmy a été démasquée et Kim est devenue présidente du Comité étudiant. Reste que je suis curieuse de connaître les raisons qui ont poussé Fred à agir de manière aussi étrange.

Sous la fenêtre où il y avait la boîte de réception de RKRP et où j'ai découvert qu'il me répondait, il y a avait une autre fenêtre. Celle-là aussi m'a dérangée.

Sauf que je dois aller dormir. Il est presque une heure du matin !

Allez, dodo.

DODO ! C'est un ordre !

Publié le **21** octobre à **12** h 07 par Nam
Humeur : Fatiguée

> Et si je m'endormais pendant le match ?

La levée du corps n'a pas été trop pénible. Quand mon réveille-matin a sonné, j'ai eu l'impression de recevoir en plein visage un seau d'eau froide rempli de piranhas affamés, mais ça a passé.

C'est pendant le deuxième cours que ça s'est compliqué. La prof *lisait* le manuel. Et ça, c'est la pire des choses pour une pauvre ado qui n'a réussi à s'endormir que vraiment très tard. J'hais quand ça arrive.

Je suis capable de lire, pas besoin de me faire la lecture. Je n'ai plus cinq ans. En plus, son ton était monocorde et elle ne levait jamais les yeux.

Est-ce trop demander aux profs qu'ils soient un peu divertissants ? Pas trop. Juste assez pour que leurs élèves ne sombrent pas dans un coma d'ennui. Tsé, je ne leur demande pas de jongler avec des cocktails Molotov pendant qu'ils tiennent une allumette enflammée entre leurs dents ou qu'ils marchent sur les mains, je veux juste qu'ils soient un peu vivants. Comment peuvent-ils nous transmettre l'amour qu'ils ont pour une matière s'ils ne sont pas plus passionnés qu'un chien devant une assiette de brocoli ?

Et qui écoutait vraiment la prof ? À ma droite, Jérôme s'appliquait du *Liquid Paper* sur les ongles en trouvant ça très drôle, ses amis aussi. Il y en a même un qui en mettait sur ses paupières. À ma gauche, Kim tremblait, de la mousse blanche lui sortait par les narines.

(Parlant de narines, j'ai fait un cauchemar la nuit dernière : Fred entrait dans ma chambre en se plaignant d'un mal de tête et là, tout d'un coup, on se retrouve dans le bureau d'un médecin qui lui annonce qu'il a des crayons dans la tête, des crayons qu'on lui a enfoncés dans le nez. Évidemment, je me sens super coupable tandis que tout près de moi, une grand-mère lèche le dentier qu'elle tient dans une main en répétant *sans cesse* que « ça goûte le poulet ». Ce n'est pas ma faute, faut pas me juger, C'EST UN RÊVE et je dois l'accepter tel qu'il est.)

Inévitablement, mes yeux ont commencé à se fermer. J'ai essayé de résister, mais j'en étais incapable. J'ai pensé, pour me tenir éveillée, à planter mon compas dans une de mes mains, mais bon, bien qu'efficace, ça aurait pu être salissant, donc j'y ai renoncé.

Alors je me suis endormie.

Et j'ai été réveillée quelques instants plus tard par la prof qui m'a posé une question à laquelle j'ai répondu sans savoir pourquoi :

– Nabuchodonosor, roi de Babylone !

Dans un cours d'anglais, mettons que ce n'est pas super pertinent.

Au moins, j'ai fait rire les élèves. Et la prof aussi.

– Est-ce que tu dormais ? elle m'a demandé.

Des fois, dire la vérité n'est pas une bonne idée. Je me serais mal vue lui répliquer devant tout le monde :

– Vous faites le mauvais métier, votre travail aurait dû être d'endormir les patients dans les salles d'opération, vous avez un don pour ça, vous le ne saviez pas ?

Je me serais ramassée immédiatement au bureau de Monsieur M.

J'aurais pu être sarcastique :

– Votre voix est si délicieuse qu'il me faut fermer les yeux pour m'en délecter.

Mais ç'aurait été trop gros. Elle aurait compris que je la niaisais.

Finalement, je lui ai dit :

– J'ai mal à la tête. Désolée.

Des fois, on n'a pas le choix, il vaut mieux mentir. C'est une question de vie ou de mort ! Pas tant que ça, mais bon, des spécialistes prétendent que le mensonge est essentiel dans notre société. J'ai lu ça quelque part : il paraît qu'on ment en moyenne quatre fois par jour. 😯

Si tout le monde disait la vérité, ce serait le chaos ! Ce serait la guerre perpétuelle, les politiciens ne pourraient pas rester plus d'un mois au pouvoir et personne n'aurait d'amis.

Prenons Kim. Si, un matin, elle arrive à l'arrêt d'autobus et me demande : « J'ai l'air d'une morte vivante, non ? » Si je lui réponds : « Mets-en, est-ce qu'on t'a embaumée cette nuit sans que tu le saches ? » et que je commence à rire comme une hyène en plus de lui faire passer une mauvaise journée, elle va me prendre pour une sans-cœur. Pas sûre qu'elle me reparle !

Si je dis à Pop, qui, même s'il fait de super gros efforts pour cuisiner, réussit comme par magie à donner le goût de caoutchouc à tout ce qu'il prépare : « Alors, c'est bon ? » Si je lui réponds : « Seulement si je n'avais pas de papilles pour goûter », encore là, c'est méchant.

Je pense qu'il n'y a qu'à Fred et à Tintin à qui je peux révéler le fond de ma pensée sans craindre de leur faire de la peine. Et Youki mon petit chien d'ammmmmooouurrrr. Je lui dis des fois qu'il a mauvaise haleine et il m'aime toujours autant. 🙂

Depuis que je suis toute petite, on m'a enseigné à dire toujours la vérité. Parce que mentir, c'est mal. Mais ce n'est pas ça la vie. La vérité est parfois trop choquante pour être dite. C'est un truc qu'on apprend en vieillissant.

Misère, je suis tellement profonde, ce midi !

La cloche va bientôt sonner.

À 16 h 30, c'est le match d'impro. Est-ce que je suis nerveuse ? Assez pour avoir l'impression que mon dîner est resté coincé entre ma bouche et mon estomac.

Je dois y aller !

Publié le 21 octobre à 15 h 58 par Nam
Humeur : Nerveuse

> Je suis bonne, je suis belle, je suis capable !

Le match d'impro va commencer dans un petit peu plus d'une demi-heure. J'ai peur !

Je suis venue à la biblio pour me relaxer.

On n'a pas répété une seule fois et la seule personne avec qui je suis à l'aise est Mathieu. Les autres, je ne les connais pas. Je ne sais pas quel est leur style, s'ils sont plus défensifs qu'offensifs... Je sens qu'on va se faire bouffer tout cru ! J'ai croisé Marguerite dans le corridor et elle ne semblait pas très optimiste. D'autant plus que l'équipe qu'on affronte s'est rendue en finale l'année dernière, ne perdant que par un petit point. Et sur sept membres, il y a cinq vétérans.

Marguerite a ajouté :

– Faut prendre ça comme une expérience. Ne t'inquiète pas, ma p'tite fille, j'ai fait un pacte avec le diable. Si on gagne, je me rase les cheveux.

J'ai le pressentiment que les Dé-Gars vont encaisser leur 692e défaite consécutive.

J'ignore s'il y aura beaucoup de monde à l'auditorium. Kim sera là pour m'encourager, elle a même préparé une pancarte. Elle ne veut pas me dire ce qu'elle a écrit dessus.

Il y aura aussi Michaël qui, même s'il fait comme si on était un couple, ne m'a toujours pas demandé de sortir avec lui. En parlant avec un de ses amis, il m'a appelé sa « blonde » tantôt. C'est flatteur, mais j'aimerais bien être au courant !

(...)

Oh là là ! Mathieu vient de m'interrompre pour me remettre mon chandail d'équipe. Le pire chandail de tous les temps. Horrible ? C'est pas le mot ! Il est brun. Sur le devant, en blanc, c'est un gros D en forme de ventre poilu (!) avec un trait d'union suivi d'un dessin poche d'un gros monsieur assis devant sa télé, une bouteille de bière à la main (!!). En plus, je pense qu'il a des problèmes d'hygiène corporelle parce que des mouches volent autour de sa tête (!!!). ☹

Jamais je ne vais porter ça ! Jamais. J'ai une fierté, moi. Le mauvais goût, non merci ! Et j'ai un sens de la responsabilité civile ! En plus, le chandail pue.

(…)

Marguerite vient de m'apprendre que le chandail pue parce qu'il n'a jamais été lavé. Les joueurs des années antérieures disaient que si on les nettoyait, ça leur porterait malchance. Quoi ? Ils étaient fiers de perdre ?

Si je joue avec ça, je devrai me pincer le nez pendant toute la partie, c'est sûr.

Marguerite, voyant que j'avais du mal à respirer, m'a dit qu'elle allait « réévaluer cette tradition ».

Dans quoi je me suis embarquée ! Mathieu n'arrête pas de me dire que tout va bien aller, mais tsé, je ne suis pas *si* naïve. C'est comme si un volcan avait émergé soudainement en plein milieu de la ville, qu'il crachait de la lave partout et qu'en même temps tous les lampadaires s'étaient mis à lancer de leur œil unique des lasers sur tout ce qui bouge. Mathieu me tapote la main en murmurant de ne pas paniquer, « Tout va bien, Nam ! ». Ouais, c'est ça. 👽

L'équipe s'en va à l'abattoir, c'est sûr.

Argh ! Je suis nerveuse ! Et fatiguée ! Et je me tape sur les nerfs parce que je n'arrête pas de me plaindre.

Allez, c'est le temps d'y aller.

Au revoir, amour-propre. Tu vas me manquer.

Ce n'était pas nécessaire, Marguerite

Namxox

Publié le **21** octobre à **20** h **18** par Nam
Humeur : Stupéfaite

> L'impossible est possible !

Que le grand cric me croque ! On a gagné ! Les Dé-Gars ont réussi l'impossible. J'ai obtenu la première étoile et Mathieu la deuxième ! 😃

Est-ce que je suis en train de rêver ? Je n'en reviens juste pas !

J'ai souvent blagué, mais on vient de mettre fin à cinquante-deux défaites d'affilée.

Ça avait pourtant mal commencé. L'équipe adverse était super arrogante. Le capitaine, un espèce de grand sec, parle avec un accent français alors qu'il ne l'est pas du tout. Au début du match, quand on s'est serré la main, tous avaient le sourire, l'air de dire « nous allons vous planter, n'essayez même pas de vous défendre ». C'est la première fois que je voyais ça.

En impro, même si on joue pour gagner, il n'y a pas d'hostilité entre les équipes. Ce sont des joutes amicales. Quand un joueur est agressif, l'arbitre lui décerne aussitôt des punitions pour rudesse ou conduite antisportive. C'est arrivé à un ou deux joueurs et habituellement, ils ne reviennent pas dans le match. Faut pas trop se prendre au sérieux. Aujourd'hui, c'était toute l'équipe qui jouait dur ! 😐

Mathieu m'a dit que c'est un peu la faute de la réputation des Dé-Gars. Les années passées, dès qu'ils tiraient de l'arrière dans le pointage, ils faisaient pas mal n'importe quoi sur la patinoire. Des fois, ils se donnaient un thème, genre « on imite tous la poule qui pond un œuf même si ça n'a aucun rapport » ou « on parle en inspirant et non en aspirant ». Les équipes adverses étaient déstabilisées et au bout de quelques impros, elles étaient plutôt insultées. Ça fait quelques saisons que c'est comme ça, que nos adversaires s'attendent à ce qu'on les niaise. Ils sont sur la défensive.

Mais cette époque est révolue ! 😊*

J'étais aussi super jalouse de l'équipe adverse, leur chandail est vraiment beau en comparaison de nos sacs à poubelle. Et il sentaient bon, eux ! Ah ! Ah ! Au sujet de l'odeur que notre chandail dégage, je m'y suis habituée. C'est grave, non ?

Parlant de chandail, après la première impro, une de nos coéquipières, Iza, a commencé à crier en secouant frénétiquement son chandail. On pensait qu'elle célébrait le point qu'on venait d'avoir, mais finalement, quelques-uns ont vu une bestiole de la grosseur d'un mammouth, et aussi poilue, sortir de son chandail et grimper dans son cou. Je ne l'ai pas vue, mais j'ai quand même crié et sauté sur place. Par solidarité. 😄 La chose s'est enfuie en blasphémant (d'accord, d'accord, elle n'a pas dit un mot, mais elle s'est sauvée.).

Je crois que c'est une génération spontanée. Ça se peut, non ? Les germes dans les chandails et l'humidité auraient généré cette nouvelle race de créature que personne n'avait jamais vue avant. Et là, elle va peut-être trouver un autre monstre comme elle, s'accoupler avec lui, et l'école sera envahie de charmants « mammouthaux ». C'est possible ! Ça arrive dans les films d'horreur que je regarde !

Après le match, Marguerite nous a dit que c'était peut-être cette bestiole qui nous a porté chance. Donc nous avons trouvé ce qui sera officiellement notre rituel de ralliement avant le début d'un match : on crie en secouant vigoureusement son chandail. En plus d'être un geste de solidarité, il pourrait bien déstabiliser l'équipe adverse : après nous avoir vus agir ainsi, nos adversaires suppose-ront avoir affaire à une bande de fous…

On a commencé le match en lion. Grrr ! Avant que l'autre équipe ne s'en rende compte, à la fin de la première période, on menait 4 à 1. La frustration s'est mise de la partie, nos adversaires ont joué brutalement et ont écopé de plusieurs punitions. On a remporté le match 8 à 2. À la fin, quand on leur a serré la main, les improvisateurs avaient l'air abattu, l'air de dire : « Qu'est-ce qui vient de nous arriver ? » Ils étaient pas mal moins arrogants.

Pendant la partie, j'étais en feu ! Je voulais participer à toutes les impros, j'avais toujours plein de bonnes idées. Marguerite m'a même dit de me calmer, elle avait peur que je fasse un « infarctus du cerveau ». Est-ce que ça se peut ? (…) Je viens de chercher sur le Net : oui, ça se peut !

À présent, je dois faire une confession douloureuse : j'étais droguée ! Je n'ai pas reniflé de la craie, je ne me suis pas injecté des résidus de gras animal de la cafétéria. Mais j'ai bu de la boisson énergisante ! Et ça m'a rendue, comment dire ? Tendue ? Ah ! Ah !

Ce n'était pas mon idée, mais celle de Mathieu. Je me suis plainte toute la journée (ça sent le SPM !) que j'étais fatiguée, que j'allais être nulle en impro, qu'après le match, Mathieu ne voudrait même plus me regarder, qu'il allait avoir honte de moi, etc. Quelques minutes avant le début de la partie, il m'a lancé une cannette (que je n'ai bien entendu pas su attraper et que j'ai échappée). Il m'a dit :

– Bois ça, ça va t'hydrater.

Ça ne m'a pas hydratée, ça m'a survoltée !

C'était une boisson énergisante. Je n'avais jamais bu ça de ma vie et pas sûre que j'en boive encore. Le pire est que parce que c'était trop sucré et pétillant (je déteste le pétillant, beurk !), je n'en ai même pas bu la moitié.

Ça n'a pas eu d'effet tout de suite. Mais lorsque l'arbitre a sifflé pour annoncer le début du match, j'ai senti se déclencher une alarme dans ma tête. 😄 J'ai bondi et j'étais prête à sauter sur l'aire de jeu et à parler pendant quatre-vingt-dix minutes sans m'arrêter tout en tricotant des foulards pour tous les membres de mon équipe. Durant les impros comparées, je voulais y aller même quand c'était au tour de l'autre équipe de jouer !

C'est la dernière fois que j'en prends. J'entendais mon cœur battre dans mes yeux et j'ai rongé tous mes ongles EN MÊME TEMPS. Et si j'avais eu moins de fierté, j'aurais aussi bouffé mes ongles d'orteil. Super image : pendant le match d'impro, j'ai mes dix doigts et mes dix orteils dans la bouche. Comment expliquer ça ?

Ce n'est pas normal qu'une boisson énergisante produise cet effet. C'est trop « trop ». Si j'avais eu l'Everest devant moi, j'aurais pu l'escalader en sautillant sur un pied et en pinçant un de mes lobes d'oreille.

Quand je suis sortie de l'école à l'heure du souper, j'avais mal au cœur, j'avais les yeux grands comme ceux d'un hibou et je n'avais pas faim. Là encore, rien d'habituel.

Je n'ai pas aimé ça.

Heureusement, personne ne m'a encore fait passer un test d'urine ou une prise de sang. Pour cette fois, je vais m'en sortir, même si j'étais dopée.

C'est la faute de Mathieu ! C'est lui qui m'entraîne du côté obscur des choses !

Au prochain match, je vais m'assurer de dormir le soir d'avant.

Ça a mal commencé aussi parce que l'équipe adverse a apporté avec elle une centaine de supporters. Et dans la foule, il y avait Jimmy et sa bande de têtards gluants. Et ils n'étaient pas là pour nous encourager. Il ne s'est rien passé, je me suis forcée à ne pas les regarder. Quand on m'a présentée à la fin pour le première étoile, à travers des applaudissements, j'ai entendu crier : « Bravo, le morpion ! ». J'ai su de qui ça venait. Mathieu m'a fait signe de ne pas m'en soucier.

D'ailleurs, est-ce que je peux y faire quelque chose ? Non. Ce sont des Réglisses noires.

Kim devait y être avec une super pancarte, mais je ne l'ai pas vue. Et elle n'est pas en ligne présentement. Elle a sûrement eu un gros empêchement.

Finalement, quand l'arbitre a sifflé la fin du match, on a tous bondi de joie. Marguerite a sauté sur la patinoire et a commencé à se couper les cheveux avec un coupe-ongles (seul objet tranchant qu'elle avait dans son sac à main). Je lui ai dit que ce n'était pas nécessaire, mais elle m'a répondu : « une promesse est une promesse ». Elle ne m'a rien promis, je croyais que c'était une manière de parler !

Je crois d'ailleurs qu'elle est encore là. C'est long, se couper les cheveux au coupe-ongles !

Je dois vraiment me coucher tôt ce soir.

Et demain, c'est samedi ! Yé !

Publié le **22** octobre à **11** h **53** par Nam
Humeur : Reposée

> **Dormir, c'est tellement bon**

Wow ! J'ai fait le tour du cadran. Je me suis endormie hier soir à dix heures et j'ai ouvert les yeux ce matin à dix heures ! Douze heures de sommeil, c'est ce qu'il me fallait pour recharger mes piles.

J'ai dormi toute habillée. J'étais dans la même position quand j'ai ouvert les yeux. C'est Mom qui est venue éteindre la lumière à trois heures du matin.

Elle fait de l'insomnie, ces temps-ci. Je pense que c'est à cause du boulot. Elle subit beaucoup de stress, elle a été mutée aux urgences de l'hôpital. Pourtant, Mom est capable d'en prendre. C'est une dure. Comme moi ! Ou presque.

Je saute de joie. J'ai mes règles. Youpi. C'est d'ailleurs ce qui m'a réveillée : un pincement au bas du ventre. Je n'ai pas pris de chances, j'ai tout de suite pris de l'acétaminophène.

À 11 ans, j'attendais fébrilement mes menstruations. J'en faisais presque une obsession. Genre chaque fois que j'allais faire pipi, je retenais ma respiration en espérant voir du sang. Je m'étais même préparé un discours pour ce grand événement, discours que je voulais réciter à Mom. À 12 ans, je l'ai enfin été pour la première fois. J'ai oublié le discours et me suis plutôt mise à hurler de joie. Puis je n'en ai pas eu pour deux ou trois mois que j'étais désespérée. Et ça s'est mis à être assez régulier, genre aux vingt-huit ou trente jours. Maintenant, mes règles, des fois, je pourrais m'en passer. Surtout pendant les vacances. Ou quand je suis malade. Ou quand j'ai un examen. Ou quand je me baigne. Ou quand je monte sur le dos d'un rhinocéros. 😊

C'est fou ce qu'on doit endurer pour avoir des enfants. Le syndrome prémenstruel, entre autres. Les crampes de Mom ont déjà été tellement fortes qu'elle en perdait connaissance ! Ça n'arrive pas aux gars, ça ! Eux, ils sont toujours égaux : des orthos en puissance (il y a de l'espoir, certains s'améliorent en vieillissant). Nous, les filles, on est comme des boîtes à surprises.

Ah, les hormones ! J'ai lu qu'une femme avait déjà été innocentée d'un meurtre qu'elle avait commis parce qu'elle était en SPM. Hum... Ça donne des idées... Ah ! Ah !

Tintin m'a expliqué (oui, Tintin !) que j'allais avoir, en moyenne, quatre cents menstruations dans ma vie. Il y a une cinquantaine d'années, les femmes en avaient beaucoup moins, genre une cinquantaine. Pourquoi ? Parce qu'elles commençaient plus tard (vers 16 ans) et avaient plusieurs enfants. J'ai même entendu parler d'une femme qui en aurait eu... dix-huit ! J'en ai plein les bras quand je garde les jumeaux, comment je ferais avec seize autres monstres de la nuit comme eux ?

Faut aussi dire que les pères, à cette époque, ne s'en mêlaient pas trop. Il y a encore aujourd'hui des paresseux et des arriérés qui pensent comme dans les années cinquante, mais ils sont heureusement de plus en plus rares.

Avant, jamais on n'aurait vu un homme pousser une voiturette d'enfant sur le trottoir. Surtout s'il n'y avait pas de bébé dedans. Ah ! Ah ! Trop *weird* : je croise un homme derrière un pousse-pousse, je m'arrête pour observer le bébé et, surprise, pas d'enfant, mais une plante. Je regarde le gars et il me sourit, mouille ses lèvres avec sa langue et me dit : « Elle aime ça prendre l'air ». Bizarre !

Même si avoir mes règles m'énerve un peu et me paraît injuste, je ne suis pas vraiment malheureuse. C'est la preuve que je suis une femme, non ?

(…)

Je viens d'avoir des nouvelles de Kim. Je suis dans le pétrin. Sérieusement.

Mon idée d'aller voir l'infirmière de l'école pour l'informer des problèmes de Nath était mauvaise. J'ai provoqué une crise.

Nath est persuadée que Kim l'a « dénoncée ». Kim n'était pas au match d'impro hier parce que Nath était en crise. Elle est allée la voir et a passé la soirée avec elle.

Nath est convaincue que tout le monde à l'école est au courant de ses problèmes. Et comme elle n'en a parlé qu'à une seule personne, elle a fait le lien.

Kim m'a demandé si j'étais allée voir l'infirmière.

J'ai dit « non ». Parce que je ne me sentais pas la force de lui dire la vérité. Je me sens *full* coupable.

Nath ne veut plus remettre les pieds à l'école. Et il a fallu que Kim jure sur la tête de tous les humains sur Terre qu'elle n'avait rien à voir avec l'infirmière pour que Nath accepte de lui parler.

Je me sens mal.

Si l'infirmière dit que c'est moi qui suis allée la voir, même si elle m'a promis l'anonymat, je suis cuite. Si quelqu'un m'a vue entrer dans son bureau, ça va se savoir.

C'est moi qui ne voudrai plus retourner à l'école.

Qu'est-ce que je fais ? J'avoue tout à Kim? Je me tais ?

Je ne peux pas me taire. C'est à moi de régler le problème que j'ai créé.

Kim n'est pas en ligne, je vais l'appeler.

(…)

Ça ne répond pas. Je vais aller la voir.

Je pense que c'est la meilleure chose à faire.

> Un poids de moins sur mes épaules

J'ai passé l'après-midi avec Kim et Nath. On est allées faire un tour au centre d'achat. Mais il y a tout de même eu une minicrise après le dîner.

Je suis allée chez Kim. Elle se préparait à se rendre chez Nath qui n'avait presque pas dormi de la nuit parce qu'elle était seule. Sa sœur était chez une amie, sa mère avec un homme quelque part dans l'univers. Durant la soirée, Nath a cru entendre des bruits suspects, elle s'est mise à soupçonner qu'il y avait quelqu'un d'autre dans l'appartement. Même si elle savait que c'était son imagination qui lui jouait des tours, elle s'est enfermée dans la salle de bains avec un couteau de cuisine et s'est endormie dans la baignoire.

Je sais que je l'ai écrit plusieurs fois, mais elle a besoin d'aide. Elle devient parano. Elle s'en rend compte et elle en rit maintenant. ☺

J'ai donc intercepté Kim avant qu'elle ne parte chez Nath. Et je lui ai avoué que c'était moi qui avais parlé à l'infirmière. Je me suis excusée un million de fois. Je lui ai fait comprendre que je voulais bien faire. Que ce n'était pas méchant.

– Je t'avais dit de ne pas en parler !

– Je sais, je sais. Mais j'ai peur qu'il lui arrive quelque chose.

– Moi aussi. Mais si on la force, elle va protester, et on ne sera pas plus avancées.

Kim a réfléchi à voix haute, disant que cette histoire d'infirmière n'était pas si mauvaise, après tout. Parce que sa mère a été prévenue qu'il se passait quelque chose de grave, ça lui a donné un choc. Elle pensait que c'était une manière pour sa fille d'attirer l'attention. L'infirmière l'a mise en contact avec une travailleuse sociale et va faire un suivi.

Mais Nath ne veut rien savoir. Elle dit qu'elle n'a pas de problèmes. Et quand on en dresse la liste, elle répond que ce n'est pas grave ou que ce sont ses affaires, pas celles des autres.

– Ça m'épuise, m'a dit Kim. J'ai l'impression de ramer contre le courant. Quand je m'éloigne, elle me rappelle et elle me dit qu'elle ne veut pas être seule. Elle suce mon énergie, c'est dur.

Kim et moi, on a convenu de ne pas lui révéler l'identité de la personne qui est allée voir l'infirmière. Elle croit que c'est quelqu'un qui a vu ses marques de coupures, une élève qu'elle ne connaît pas nécessairement. Ou un prof.

C'est plausible. 😐

Avec Kim, je suis allée chez Nath. Et c'est vrai que c'est déprimant d'être avec elle. Toujours du négatif, à un moment donné, ça tape sur le système.

Alors j'ai suggéré qu'on aille faire un tour au centre d'achat. J'ai appelé Grand-Papi et il a fait le taxi pour nous.

On a bien ri. On est allées dans un magasin où on vend des lunettes de soleil et on a essayé les plus affreuses possibles. Il y a des lunettes qui sont si laides que j'ai failli appeler la police. Complètement inutile, mais hilarant.

Ça nous a permis de nous changer les idées. Nath avait le sourire aux lèvres. Et elle nous a promis qu'elle allait retourner à l'école.

(…)

J'ai enfin pu discuter avec mon frère. Me disputer aussi parce qu'il refusait de me donner l'ordi, mais ça, c'est devenu une habitude.

Je dois dire qu'au début, il a résisté. Il ne savait pas de quoi je parlais, il m'a dit que « j'hallucinais » (qui chasse des patates volantes en pleine nuit ?) et m'a suggéré d'aller rencontrer un psychiatre pour faire analyser mes « idées de grandeur ».

J'ai sorti l'artillerie lourde : je lui ai montré la capture d'écran que j'ai faite de la boîte de réception de RKRP. Il a finalement avoué après m'avoir accusée d'exploiter « un pauvre adolescent handicapé, entre la vie et la mort ».

C'est ça, Fred. C'était à toi de ne pas sauter du toit.

Voici un compte-rendu de mon interrogatoire serré avec le prévenu :

– Est-ce lui, RKRP ?

– Oui.

– Comment a-t-il su qu'il y avait eu des irrégularités chez les scrutateurs de secondaire 1 et de secondaire 5 ?

– Il a entendu une conversation dans les toilettes entre Jimmy et un témoin.

– Comment a-t-il su que le beau Stive avait pris des photos de ses méfaits ?

– Il en a entendu parler par hasard alors qu'il attendait qu'on lui serve sa poutine à la cafétéria. C'est là que tout a commencé.

– Comment a-t-il fait pour s'emparer du lecteur numérique ?

– Stive l'avait laissé quelques secondes sur une table dans une des salles d'études. Agile comme un chat obèse, mon frère s'en est emparé.

– Pourquoi ne pas m'avoir donné le lecteur numérique en main propre ou le glisser sous mon oreiller (j'aurais pu croire à un cadeau de la fée des dents) au lieu de m'obliger à sortir de la maison un samedi matin à la pluie battante alors qu'il faisait cinq degrés Celsius ?

– Parce que ça ne faisait pas « professionnel ».

Quoi !

– Pourquoi ne pas avoir téléchargé les photos et me les avoir envoyées ?

– Parce que c'était trop compliqué.

Nawak !

– Quand s'est-il emparé du lecteur numérique qui était dans mon sac à dos ?

- La nuit, alors que je dormais « avec (mon) toutou souris bleue dans (mes) bras ».

Ouche ! Fred est au courant de mon terrible secret ! Pire, il est entré dans ma chambre la nuit pendant mon sommeil ! Épeurant !

- Où est le lecteur numérique ?

- Fred s'est fait une entaille dans le bras et il l'a glissé sous sa peau, puis, avec une aiguille et du fil, il a refermé la plaie. 🌀 (OK, ce n'est pas ça : il l'a remis à Killer, le concierge, qui l'a rapporté à la secrétaire du directeur en lui disant qu'il l'avait trouvé par terre « par hasard ».)

Puis, je suis passée au deuxième choc qu'a provoqué la deuxième fenêtre.

Plus tard, je dois aller souper.

Je trouve que beige,
elle serait plus belle

Namxox

> ### > Comment m'humilier une fois de plus ?

C'est Halloween dans un peu plus d'une semaine et il va y avoir une fête à l'école. Je ne sais pas trop comment je vais me déguiser. Je pourrais réutiliser le costume de mascotte. Bof. Mais franchement, la dernière fois pour les élections, elle puait tellement qu'on aurait dit qu'elle était morte depuis longtemps.

Il y a aussi des concours : le plus beau costume, le plus original, le plus laid, etc. Ça pourrait être amusant d'y participer.

Je veux me déguiser parce que j'aime ça. Mais je ne sais pas en quoi. Kim déteste se déguiser. Mais elle m'a dit qu'elle allait m'aider.

On cherche une idée mégagéniale. Non seulement on veut gagner le prix du plus beau et du plus original, mais on veut qu'un prix Nobel soit créé, afin de récompenser mon costume, lequel sera tellement malade mental. Pourquoi pas une nouvelle catégorie dans les Oscars ! Et qu'on nomme une étoile en mon honneur.

Je vais y penser.

Fred et Tintin aussi ont l'intention d'y participer. Tintin m'a dit que ce sera un costume « communautaire ». Ça signifie quoi ? Aucune idée, il ne veut pas m'en dire davantage de peur que je lui « vole » son idée. Ou un savant fou pourrait me kidnapper et, avec une machine quelconque munie de clignotants, s'emparerait de cette information primordiale.

Au sujet de leur costume « communautaire » : j'ai peur. Est-ce que Tintin se rappelle que mon frère a une jambe dans le plâtre et qu'il doit se promener en béquilles ? Oui. Paraît que ça va ajouter du « dramatique et de l'émotion » à leur déguisement.

Je trouve que Fred embarque trop vite dans le train des idées farfelues de Tintin. Il me semble qu'il se sert de lui comme cobaye. Avec des résultats qui frôlent toujours la catastrophe.

Le pire est que Fred est consentant. Comme il n'a pas encore 18 ans, il vaudrait mieux que mes parents signent une procuration ou quelque chose du genre avant qu'il participe à un de ces projets absurdes qui obligent les chirurgiens à lui insérer des vis dans les os.

Parlant de l'accident, il a un lien avec mon deuxième choc.

Le premier (mon frère est RKRP) a été, sur le coup, assez percutant. L'autre, pas vraiment. Parce que j'ai sous-estimé son ampleur.

Je ne sais pas combien de fois j'ai entendu cette phrase : « Tout ce qui se retrouve sur Internet devient éternel. » Mom me le répète tous les jours, elle le ferait toutes les heures si elle le pouvait. Tsé, je suis persuadée que la nuit, quand je dors, elle ouvre la porte de ma chambre et me chuchote de ne rien publier de personnel pour que sa suggestion s'introduise dans mon inconscient. Ça s'appelle un message subliminal.

Des fois, j'attends l'autobus avec plein d'autres élèves de mon école. Mom passe en auto, s'arrête, baisse la vitre et me crie : « N'oublie pas, c'est éternel ! » Puis elle repart et je fais semblant de n'avoir rien compris à ce que cette dame un peu troublée vient de crier. Je regarde les autres, je hausse les épaules l'air de dire : « Soyez compatissants, elle a besoin d'aide. »

Quand elle me prépare des lunchs, elle cache des *post-it* dans mes sandwichs, entre le jambon et la mayonnaise, pour me rappeler la règle d'or. Parce qu'il m'est arrivé de mâchouiller un bout de papier, le message avait disparu, mais pas besoin de l'avoir lu pour savoir ce qu'elle y avait écrit.

Quand je suis en classe et qu'on cogne à la porte, j'ai toujours peur que Mom surgisse avec un porte-voix et qu'elle hurle : « Tout ce qu'on publie sur le Net va y rester pour toujours » avant de disparaître dans un nuage de fumée verte (ou brune) qui sent bon la lavande (c'est ma mère, quand même !). ☺

Pourquoi elle capote autant ? Parce qu'à l'hôpital, une de ses amies infirmières a vécu une situation embarrassante avec sa fille de 16 ans. La fille était en ligne avec son chum et a décidé, pendant une demi-seconde, de lui montrer une partie de son corps qui est habituellement cachée par des vêtements (je n'ai pas su laquelle, mais parce que je suis une ado tellement naïve, je me suis persuadée que c'est de son talon qu'il s'agit). Son chum, qui est supposé être son allié, il me semble, a publié l'image sur un site de partage et il a envoyé le lien à ses amis qui l'ont envoyé à leurs amis qui l'ont envoyé à d'autres amis. C'est finalement le président des États-Unis qui l'a reçu.

Le lendemain matin, toute l'école avait vu l'image (un peu comme ce qui est arrivé avec Stive, mais avec des conséquences mille fois pires). Et comme l'image s'était multipliée par mille alors qu'elle devait rester confidentielle, la fille, traumatisée à mort, a pété les plombs et a changé d'école. Et de chum aussi. ☹

Tu parles d'un têtard gluant. Une Réglisse noire exposant mille ! À un moment donné, quelque part dans sa tête, le seul neurone qui lui reste a réalisé qu'il venait de commettre une bévue monumentale. Il a demandé à tous ses amis d'effacer la photo. Ce qu'ils n'ont évidemment pas fait.

Ce que Mom veut que je comprenne (J'ai compris, Mom, arrête de me le répéter !), c'est qu'un moment de folie qui paraît sans conséquence peut se transformer en cauchemar. Comme si j'entrais dans le bureau du directeur et que je gravais avec une pointe de compas sur son bureau : « Nam was here » pendant qu'il me regarderait, bouche bée.

Bon, mauvais exemple.

Je recommence.

C'est comme si, demain matin, je décidais de repeindre la statue de la Liberté parce que le vert, ça lui donne un air malade : une mauvaise idée au départ qui se transforme en erreur monumentale (« monumentale », c'est le cas de le dire).

Sauf que sur Internet, ce sont des milliards d'ordinateurs interreliés avec chacun un disque dur qui enregistre à peu près tout. Je peux comprendre que c'est difficile pour une ado amoureuse ou en manque d'attention derrière une webcam, un samedi soir, de concevoir la chose. Moi, je ne perds jamais de vue que lorsqu'une webcaméra me filme, c'est comme si son œil contenait un million de regards (ça fait peur !).

Exemple : si j'essaie de siffler avec mes orteils (j'en fais une fixation, oui !), est-ce que j'aurais honte que des inconnus me voient ? Oui. Donc je ne le ferai pas. C'est simple.

On a l'impression d'être seule, mais rien n'est moins vrai.

J'ai une webcaméra, elle est incrustée dans le moniteur du portable, mais je ne l'ai jamais fait fonctionner. J'ai répété ça à Mom des dizaines de fois, mais elle est vieille, et sa mémoire aussi. Alors elle fait des crises toutes les deux semaines. Ça a peut-être rapport avec le rythme auquel elle reçoit ses chèques de paie ? Ah ! Ah ! *Nawak* !

Assez de tergiversations : quelqu'un (Tintin ? Fred ? Mathieu ? Gaston, le chauffeur d'autobus qui sourit seulement aux éclipses lunaires ?) quelqu'un, donc, a téléversé sur le Web la vidéo de l'accident de mon frère que Mathieu a filmé avec son téléphone cellulaire. La qualité est assez mauvaise, mais on voit très bien ce qui se passe et on entend le bruit des os qui se fracturent au contact du sol. C'est vraiment dégueu.

Cette partie de la vidéo, c'est cinq secondes. La minute qui suit donne froid dans le dos.

On voit la caméra approcher de Fred. Gros plan sur sa cheville brisée, puis sur son visage. Et c'est là que le festival des malaises commence. Fred chiale de douleur. Depuis que j'ai vu cette vidéo, j'essaie de trouver une comparaison. Ça ressemble au bruit que ferait une chaussette dans la laveuse si elle avait une bouche. Ou à celui d'un pétale qu'on arrache d'une fleur. Ou à celui d'une pomme qu'on croque.

C'est du jamais entendu.

Ce qui sort de la bouche de mon frère est une symphonie de l'inconnu. C'est comme si tous les organes vitaux de Fred jouaient d'un instrument en même temps : le foie de la batterie, le cœur de la trompette, les poumons de la flûte traversière et le pancréas du triangle. Et dans l'œsophage, il y a un DJ hyperactif qui prend tous ces sons et les mixe. Mal.

C'est un bruit venu des enfers. Et c'est la vidéo la plus étrange que j'ai vue de ma vie (elle surclasse le gars qui avale des saucisses avec ses narines).

C'est gênant, parce que Fred passe pour un être venu d'ailleurs ou un ado qui s'est fait greffer des cordes vocales ayant trempé dans le ketchup trop longtemps.

Je suis gênée pour lui. Et pour moi un peu : c'est mon frère, j'ai ma fierté familiale !

Pas sûre que Mom soit d'accord avec ça.

C'est assez, je vais aller m'entraîner à siffler avec mes orteils.

Pauvre bébé renard

Namxox

> **Encore des problèmes de clarté**

Michaël vient de m'écrire un courriel. Une seule ligne :
« On sort ensemble.»

« On sort ensemble » ?

Ça veut dire quoi ?

Est-ce un message auquel il manque la fin ? Est-ce qu'il
veut dire qu'on va faire une sortie ?

Est-ce que ça signifie que c'est mon *chum* et que je suis
sa blonde ? Si oui, il me semble que j'ai mon mot à dire, non ?

À l'aide !

Je ne sais pas comment réagir. Je dois capoter ? Sauter
de joie ? Boire le contenu de l'aquarium de mon poisson ?
(J'ai pas de poisson, pas d'aquarium non plus, je vais donc
mimer.)

J'ai besoin de plus de détails.

Il n'est pas en ligne. J'ai essayé de l'appeler, pas de réponse.
Je lui ai aussi envoyé un message d'une seule phrase : « Salut
Michaël, pourrais-tu s'il te plaît m'indiquer la signification
de ton courriel, je ne sais pas trop ce qu'il signifie, ce serait
bien si tu pouvais développer un peu, genre un message de
plus de trois mots, pour que je sache à quoi m'en tenir, parce
que si tu veux sortir avec moi, par exemple aller au cinéma,

pas de problème, sauf qu'il n'y a pas de bon film à l'affiche présentement même si je sais que tous les goûts sont dans la nature, je ne te juge pas, mais si tu veux qu'on sorte ensemble, genre qu'on devienne *chum* et blonde, là, faudrait qu'on s'en parle avant, un couple, c'est deux personnes, tu es une véritable boîte à surprises, de toute façon je vais attendre avant de décider comment je vais réagir, j'attends de tes nouvelles et n'oublie pas de te brosser les dents régulière- ment, si tu comprends ce que je veux dire, hi, hi, hi.»

Voilà : une phrase qui dit tout. 😎

Blogue à part (Ah ! Ah ! Quel excellent jeu de mots, je suis hi-la-ran-te), est-ce qu'il est officiellement mon *chum* ? Si oui, je suis bouche bée. Il me semble que ça fait tellement longtemps que ça traîne...

(...)

J'ai parlé à Grand-Papi du renard que j'ai croisé sur le trottoir, l'autre soir. Il n'en revenait pas.

– Tu penses vraiment que c'est lui ?

– Oui, j'ai dit. J'en suis persuadée. Ça ne peut pas être un hasard.

– T'aurais dû l'assommer avant qu'il se sauve. Je l'aurais reconnu, moi. Et je me cherche une touffe de poils à mettre sur ma tête pour l'hiver qui s'en vient.

– Grand-Papi !

Il aime tellement me scandaliser ! Mais je sais qu'il blague. C'est de l'humour noir, comme il dit.

Transformer mon petit renardeau d'amour en chapeau : horreur ! Ce serait un crime !

L'autre jour, Kim m'a envoyé un lien menant à un reportage sur l'industrie de la fourrure. Horrible ! Je n'ai pas pu regarder plus d'une minute. On retirait la peau de certains animaux alors qu'ils étaient encore vivants ! 😞

Quand je regarde des films d'horreur, je sais que c'est de la fiction, que ça ne s'est pas passé en réalité. C'est pour ça que j'aime ce genre de films. C'est une manière acceptable de libérer mon petit côté sadique, même si ça frôle souvent le ridicule. Quand une fille se fait assassiner par le méchant monsieur, c'est symbolique, c'est une histoire qu'on nous raconte. Il n'y a pas de vrai cinglé qui vient tuer une innocente avec un tire-bouchon. L'actrice n'est pas morte, j'en suis consciente. Sinon, je composerais immédiatement le 9-1-1 :

– Allô police, je viens d'assister à un meurtre ! Oui, un vrai de vrai ! J'ai loué un film dans lequel une fille blonde pas mal nounoune est pourchassée par un débile qui lui a enfoncé un tire-bouchon dans le nombril sans aucune raison. Et tout ça a été filmé ! Oui ! J'ai la preuve avec moi ! Faites vite avant que l'assassin ne fasse d'autres victimes, j'ai lu quelque part qu'on tournera une suite à ce film !

Je ris des fois quand c'est trop grotesque parce que c'est un film. Pas la « vraie » vie.

Tsé, je ne suis pas une psychopathe ! 😜

Mais ces chasseurs qui écorchent les animaux pour avoir leur peau, eux, ce sont des psychopathes ! Les animaux souffrent. Les humains ne s'en rendent pas compte ? Ils pensent que ce sont des toutous à piles qu'ils martyrisent ?

Et pour quoi ? Pour faire des manteaux à cinq mille dollars ! Pour montrer qu'on a de l'argent et qu'on n'a pas peur des poils ?

Ridicule.

Je comprends qu'il y a cent ans, on devait utiliser des peaux pour se protéger du froid. C'était une question de survie.

Mais au 21e siècle ? Alors qu'il existe des tissus synthétiques conçus pour nous protéger du vent, du froid, de la pluie et des noix de coco ? Franchement !

J'ai une idée. On devrait enlever des morceaux de peau à tous les sans-cœur qui traquent les animaux. Et en faire des mitaines, des chapeaux et des manteaux pour les castors, les lièvres et les renards.

Ce serait un juste retour des choses, non ?

J'imagine très bien un rat musqué se baladant avec un foulard de peau humaine provenant de bras poilus remplis d'affreux tatouages. Ou un castor portant une culotte faite avec le cuir chevelu d'une femme qui s'est teint les cheveux en jaune paille et où on aperçoit deux centimètres de repousse. J'imagine mon p'tit renard d'amour portant un casque de bain en peau humaine.

Mon frère a besoin de l'ordi.

> Elle n'est pas d'accord, finalement

Schnoute ! Des fois, je devrais apprendre à me taire. Je parle trop et je mets les pieds des autres dans les plats !

Pendant le déjeuner, j'ai parlé à Fred de la vidéo qu'il a téléversée sur le Web.

– Alors, Fred ? Combien de personnes t'ont vu pousser des cris d'opossum qui accouche sur le Net ?

(Je trouve ça drôle le mot « opossum ». 😊)

Il m'a fait des gros yeux. Je pensais qu'il souffrait de ballonnements, alors j'ai poursuivi. Tintin m'a donné un coup de pied sous la table.

– Quoi ? j'ai demandé.

Mom était assise avec nous, buvant un café et lisant un magazine.

– Un opossum qui accouche ?

– Ne l'écoutez pas, a dit Tintin. Elle a consommé les médicaments de Fred. Elle voit des créatures qui expulsent d'autres créatures. C'est troublant, mais pas inquiétant. Ça fait partie de sa puberté.

Je n'ai pas aimé qu'il fasse comme si je venais de dire une niaiserie.

– Mais non, je parle de la vidéo sur le Net.

Ça a pris du temps pour que des liens se fassent dans mon cerveau, mais j'ai su ce qui se passait : Mom n'était pas au courant de leur initiative.

Oups !

Il était vraiment trop tard, Mom ne voulait plus lâcher le morceau. Elle a regardé mon frère.

– Frédérick ?

Quand elle l'appelle par son prénom en entier, c'est que ça devient sérieux.

– Je ne sais pas de quoi elle parle ! a dit mon frère avant de remplir sa bouche de céréales pour se donner le temps de trouver un moyen de se sortir du pétrin.

– Frédérick, a répété Mom.

Tintin est venu à la rescousse de son ami :

– Ce n'est pas ce que vous pensez…

Mom l'a coupé :

– Je veux avoir la version des faits de Frédérick.

Quand « Frédérick » a fini par avaler sa bouchée, il était presque rendu l'heure du souper.

– Eh bien, euh, on a *uploadé* une vidéo pour le fun. Et c'est ça.

– Et cette vidéo, c'est quoi ?

– Rien, a fait Fred avant de se remplir la bouche une autre fois.

C'était la mauvaise réponse. 🙂 Qu'est-ce qu'il attendait, Fred ? Que Mom dise : « Rien ? Super, alors. Tu as mis une vidéo sur le Net qui ressemble vaguement à un opossum qui accouche et ce n'est rien. Je comprends, c'est logique. »

Mom n'est pas stupide.

Elle a retiré le bol de céréales de Fred et l'a laissé terminer sa mastication.

– Est-ce que je pourrais voir cette vidéo s'il te plaît ? a dit Mom.

Évidemment, il n'y avait qu'une seule réponse possible : « oui ». « Non », « peut-être » ou « j'ai des ballonnements » n'auraient pas passé.

Tintin et Fred m'ont fusillée du regard. J'ai haussé les épaules et marmonné : « Je ne savais pas ! »

Puis, comme s'ils étaient condamnés à mort, ils sont allés à l'ordi avec Mom. Je les ai suivis. Fred lui a montré la vidéo.

Le deuxième visionnement est pire que le premier. Je croyais que les parties de mon cerveau qui ont été gravement endommagées avaient eu le temps de guérir. Non, pas du tout : la plaie s'est rouverte. J'étais encore plus gênée que la première fois.

Je ne sais pas comment c'est possible, mais il était indiqué que plus de trois mille personnes avaient vu la vidéo. Et on y avait laissé plus d'une centaine de commentaires. Les cinq les plus populaires (et pertinents) étaient :

5– « *FAKE* ! »

4– « GAI ! »

3- « *Fake* et gai ! »

2- « *OMG* gênant ! *FAIL* !»

Et le commentaire qui a obtenu le plus de votes :

1- « À l'aide ! Mes yeux et mes oreilles viennent d'exploser et il y en partout sur les murs ! »

C'est donc assez évident : les internautes abusent des points d'exclamation. Et Fred a fait un fou de lui.

Mom a regardé la vidéo en silence. Quand la minute (qui a semblé une heure) s'est terminée, elle est restée dans la même position. Sans rien dire.

Fred et Tintin échangeaient des regards inquiets. Tintin a décidé de prendre la parole :

– Ce qui est intéressant dans cette vidéo, c'est l'authenticité. Rien n'est feint. On vit dans un monde rempli de faux. Dans vingt ans, on dira qu'elle était annonciatrice d'un nouveau mouvement.

Mom était toujours silencieuse.

Mauvais signe.

Puis elle a enfin ouvert la bouche :

– Vous m'enlevez cette vidéo du Net immédiatement.

Et elle est partie.

Mom, c'est toujours mieux qu'elle dise ce qu'elle a à dire sur le coup. Sinon, ça s'accumule et à un moment donné, elle explose. Et ce n'est pas beau à voir.

D'autant plus que ces temps-ci, mon frère teste la patience de mes parents. Il me semble que tout ce qu'il ne devrait pas faire, il le fait. Depuis sa période accro aux jeux vidéo, il multiplie les gaffes : fugue, explosion de four micro-ondes, trou dans le toit du cabanon, accident, vidéo sur le Net. C'est sans compter que Mom va bientôt se rendre compte que la précieuse louche, souvenir de sa grand-mère, celle que mon frère a utilisée pour se protéger les *schnoudoules* s'est transformée en un machin argenté en accordéon.

– Bravo, m'a dit Fred quand Mom n'a plus été dans notre champ de vision. Je ne sais pas quand tu vas apprendre à te taire.

– Ho là ! Je ne savais pas qu'elle n'était pas au courant. Et de toute façon, un jour ou l'autre, elle s'en serait rendu compte.

– Ce jour-là, a dit Tintin, il allait être trop tard pour nier le génie de ton frère. Parce que des millions de personnes auront vu la vidéo. Des millions de personnes ne peuvent pas se tromper.

Qu'est-ce qu'ils ont, ces deux-là ? Il y a des trucs qu'ils sont les seuls à ne pas voir !

J'ai haussé le ton :

– C'est gênant !

– Ah oui ? a demandé Tintin. Pour qui ?

– Pour tout le monde !

Tintin s'est tourné vers Fred.

– Toi, t'es gêné ?

– Non, a fait mon frère.

Bien sûr qu'il allait dire non ! Il est comme trop tard pour reculer.

– Fred, est-ce que tu t'es vu ? Est-ce que tu t'es entendu ? Quand tu es dans les airs, tu as l'air d'un morceau de bacon qui cuit dans son gras, tu atterris avec l'élégance d'une ballerine en chaise roulante et après, tu pousses des gémissements qui feraient peur à une horde de zombis.

Il y a eu un court silence. Je pense que j'ai vexé mon frère. Tintin n'a pas manqué de répliquer :

– C'est ce qui fait que ce document est exceptionnel. Ton frère est un être à part. Mais à cause de toi, il ne pourra pas connaître le rêve américain 2.0.

Sourcil droit en forme de point d'interrogation :

– Le « rêve américain 2.0 » ? C'est quoi, ça ?

– C'est l'accession du simple citoyen au sommet de la pyramide du divertissement hollywoodien réalisée au moyen des vecteurs que sont les médias sociaux.

Je n'ai rien compris. Mon commentaire a été :

– Ah. D'accord.

– Tu as détruit tout cela. Et encore plus. Ton frère n'est plus qu'une enveloppe de peau dans laquelle il y a de la viande qui se promène en béquilles. Sa vie est finie.

– Ben là ! a protesté Fred. Tu exagères pas un peu ?

– Non. C'était l'occasion ou jamais d'une existence. C'est le ciel qui me l'a dit.

Tintin avait le même air que s'il venait de nous annoncer que le soleil s'était éteint. Sur ce, Fred est allé retirer sa vidéo.

Avant de les quitter, j'ai entendu Tintin dire qu'il allait tenter de conjurer le mauvais sort en préparant un autre « grand coup ».

Misère. C'est peut-être son costume « communautaire » ?

(…)

Je viens de parler avec Michaël. Je m'en vais chez lui. Je vais finalement en avoir le cœur net.

> **Mais**

Eh oui, c'est officiel : je suis la blonde de Michaël. On a passé la journée ensemble. C'était agréable. On est restés collés pendant deux heures en regardant la télévision. Et il m'a caressé les cheveux pendant tout ce temps. J'aime ça !

Sa mère nous a laissés tranquille, mais elle est descendue plusieurs fois au sous-sol sans raison particulière. Elle m'a souri : c'est un bon départ.

Mais.

Il y a quelque chose qui cloche. Je ne sais pas ce que c'est, ça m'énerve.

Michaël m'a dit cent fois qu'il m'aimait, il a été adorable, plein d'attentions, il m'a raccompagnée jusqu'à la maison, il embrasse bien, mais…

Mais.

Je ne suis pas follement amoureuse. Je suis comme juste bien.

C'est agréable d'être traitée comme une princesse. C'est agréable d'être aimée. C'est agréable de se sentir désirée.

Mais.

Mais ce n'est pas ce que je veux.

Où sont les papillons dans le ventre ? Où est la nervosité ? Où est l'enivrement de l'amour ? L'espèce de sensation de flotter et de trouver la vie TELLEMENT belle ?

En plus, à deux heures de l'après-midi, son cousin est arrivé pour se faire garder. Celui qui ressemble à une citrouille. Celui qui ne cligne jamais des yeux et qui sourit tout le temps. Thomas.

Il s'est assis dans le fauteuil et il n'a pas cessé de me fixer. À tel point que je me suis énervée. Je me suis levée et je l'ai brassé comme un yogourt en criant : « Je ne te laisserai jamais me voler mon âme ! »

D'accord. Ce n'est pas ce que j'ai fait.

Je lui ai souri et je lui ai demandé si je pouvais « l'aider ».

Une chance qu'il ne m'a pas répondu qu'il voulait que je le mouche ! Ewww ! ☹

Il a enfin porté son regard sur la télé, mais pas plus de dix secondes. Il a continué à me regarder comme si j'étais une statue qui venait d'éternuer.

Quand j'ai été seule avec Michaël, je lui ai demandé si son cousin était normal.

Faut s'entendre sur la définition de « normal ». Tout le monde est différent et la « normalité » est vraiment une question de point de vue. Exemple : à l'école, tout le monde est « normal » : deux bras, deux jambes, un tronc et une tête (sauf pour certains gars, ah, ah, ah). Même Tintin en fait partie. Mais je pense qu'un joufflu de huit ans qui n'arrête pas de me fixer n'est pas « normal ».

– Pourquoi tu demandes ça ? a dit Michaël.

J'ai senti que c'était un terrain glissant. Il a fallu que je lui montre à quel point j'étais bonne en patinage pas-artistique et chaussée de patins aussi lourds que des briques.

– C'est juste que, je me disais que, je ne sais pas, peut-être qu'il est, euh, différent des autres.

– Tout le monde est différent.

La voix n'était pas celle de mon *chum*. C'était celle de sa mère qui avait décidé d'épousseter les dauphins dans la bibliothèque du sous-sol en silence, événement qui arrive probablement tous les cinquante ans. Avoir su qu'elle était là, je me serais fermé la trappe.

Fallait que je me « rattrape » (génial, on va bientôt m'appeler Miss jeux-de-mots).

– Je sais, tout le monde est différent, j'ai dit. Et ce n'est pas une critique. C'est juste qu'il est, euh, bizarre.

Wow. Fallait évidemment que j'utilise l'adjectif le moins approprié qui soit. Qui suis-je pour trouver les membres de sa famille « bizarres » ? Tellement pas gênée, la fille !

La mère de Michaël, un sourire en coin, m'a demandé :

– Ah oui ? Et moi, tu me trouves bizarre ?

Oh, le piège ! Comme si j'étais un poisson qui arrivait nez à nez avec un hameçon sur lequel grouille un gros ver de terre gluant.

Je n'avais pas le temps de penser et j'ai laissé mon instinct d'improvisatrice prendre le dessus. D'un seul jet, j'ai répliqué :

– Bien sûr que vous êtes bizarre. Avec tous ces dauphins autour de vous, vous pourriez déclarer la Troisième Guerre mondiale et conquérir l'univers.

Mais qu'est-ce que je venais de dire ? J'ai regretté pendant les deux secondes qui ont suivi. Puis, au début de la troisième, elle s'est esclaffée :

– Ah ! Ah ! Très drôle. J'aime ton sens de l'humour.

Puis elle est remontée au rez-de-chaussée.

Est-ce qu'elle appréciait vraiment mon sens de l'humour ou est-ce que je venais de la vexer ?

Michaël continuait à regarder la télé sans rien dire. J'ai été envahie d'un gros doute.

– Tu crois qu'elle est fâchée ?

– Nan, pas du tout. Si elle a ri, c'est qu'elle a trouvé ça drôle.

Ouf !

Le reste de la journée, j'ai quand même souvent regardé dans mon dos pour m'assurer que, déguisée en dauphin, elle n'allait pas tenter de m'assassiner avec un épluche-patates en hurlant : « Ils m'ont dit de le faire ! ».

Bref, tout va à peu près comme je veux : Michaël est mon chum, j'ai passé un après-midi agréable, j'ai exprimé tout haut ma peur de son cousin et, en prime, sa mère a eu l'air de m'apprécier.

Que demander de plus ? Ce n'est pas ce que je voulais ?

Pourtant, la première personne à qui j'ai pensé avant de commencer ce billet est Mathieu.

Quelle ingrate je suis !

On mange.

> **Pop à la guerre ? NOOON !**

Souper mouvementé.

Ça a commencé avec Mom. Elle a informé Fred qu'à compter de ce soir, chaque fois qu'il s'apprête à faire un geste inhabituel, il devra remplir un formulaire et y détailler point par point les étapes nécessaires à son accomplissement. Et Mom devra signer le formulaire en signe d'acceptation avant qu'il ne bouge.

S'habiller et aller à la salle de bains ne compte pas comme geste inhabituel. Mais j'imagine que lorsqu'il prend sa douche, il lui faudra remplir le formulaire. ☺ Grand-Papi ne se gêne pas pour lui faire remarquer que ses cheveux sont gras ou que les pores de sa peau dégagent une brume verdâtre. Le reste de la famille est habitué. Nos cellules olfactives sont émoussées depuis longtemps.

(Si Fred se met à se doucher tous les jours, je vais perdre ma principale source de blagues de mauvais goût. Il ne faut pas que ça arrive !)

Mais pour sauter du toit, pour téléverser une vidéo embarrassante sur le Net ou entreprendre une thérapie de régénération des cellules de la peau à base de jus de perce-oreilles écrasés, il lui faudra l'accord de Mom.

Fred a protesté, il a parlé d'atteinte à ses « droits et libertés ». Tintin a demandé si cela était « constitutionnel ». Grand-Papi s'est inquiété à voix haute après avoir échappé un morceau de pain dans sa soupe qu'il était incapable de repêcher.

Puis, pour détendre l'atmosphère (me semble !), Pop a parlé de son possible départ à la guerre contre les terroristes. Ça, c'est vraiment inquiétant. La dernière fois qu'il est parti je n'avais que sept ans. J'ai trouvé les six mois interminables. Même si les risques d'être tué étaient minimes, je n'arrêtais pas de penser à ça. Chaque fois que le téléphone sonnait ou que quelqu'un frappait à la porte, je retenais mon souffle croyant qu'un porte-parole de l'armée allait nous annoncer qu'il était blessé ou, pire, mort !

J'y repense et ça m'angoisse encore. ☹

Mom avait tout fait pour nous rassurer. Mais même si je n'avais que sept ans, je sentais qu'elle était aussi inquiète que nous. Quand on annonçait à la télé qu'un des soldats de notre pays était mort, elle éteignait aussitôt l'appareil. À quelques reprises, je l'ai vue arracher des pages de journaux ou de magazines. Et le soir, dans sa chambre, je l'ai souvent entendue sangloter.

Il y a eu du positif : c'est à ce moment que Grand-Papi est venu vivre à la maison. Il est venu aider Mom et lui remonter le moral.

Faut dire que Fred commençait à avoir des comportements étranges. Il disait que ça ne le dérangeait pas que Pop soit absent, mais il avait des problèmes à l'école. Pas des trucs graves, mais il se battait et il a déjà volé un truc à la cafétéria.

Je pense que ça nous a tous perturbés. Grand-Papi était là pour faire en sorte qu'on reste soudés.

Je me rappelle de la joie que j'ai ressentie quand j'ai revu Pop à l'aéroport. Ouf ! Je m'étais préparée genre un mois à l'avance, je savais ce que j'allais porter et je lui avais fait un dessin qui nous représentait tous autour d'un feu de camp. C'est une des seules fois où j'ai vu Pop pleurer. Je ne pense pas que je revive ça un jour.

J'étais excitée et terrorisée. Fred m'avait raconté une histoire horrible arrivée à l'un de ses amis (quand j'y repense, c'était VRAIMENT horrible !). Pour ne pas inquiéter les familles des soldats morts au combat, on ne leur disait pas qu'ils étaient morts. On leur donnait une date de retour et un lieu pour leurs retrouvailles. Finalement, au jour dit, la famille de son ami s'est rendue à l'adresse qu'on leur avait donnée et c'était celle du salon funéraire où le corps était exposé.

Quand j'y repense, j'ai du mal à respirer.

J'avais demandé à Mom si cette histoire était vraie, elle m'avait dit que Fred avait voulu me faire peur. Elle avait ajouté qu'elle avait parlé à Pop la veille et qu'il se portait à merveille.

Et si la personne au bout du fil était un imitateur ? Et si Mom était complice ? Ah ! Ah ! Ce n'est pas d'hier que j'ai beaucoup (trop ?) d'imagination.

Je ne peux pas croire que le cauchemar va recommencer.

Pop nous a dit que ce n'était pas sûr. Pourquoi il nous en parle, alors ?

Je vais me croiser les doigts. Et les orteils. Et tous les poils que j'ai sur le corps. Et les yeux.

Mom n'a pas pu s'empêcher de pleurer.

Un des amis de Pop et du père de Kim est revenu de la guerre avec deux jambes et une main en moins. Et il a été brûlé au troisième degré sur plus de quatre-vingt pour cent du corps. Le véhicule qu'il conduisait a roulé sur une bombe. Horrible !

Qui est assez fou pour faire ce métier ?

Tintin a suggéré à Pop de se révolter. Pop lui a expliqué que c'était son métier et que c'était impossible. Et que se révolter dans l'armée pouvait apporter beaucoup de problèmes.

Ne pas aller à la guerre, c'est comme si un pompier refusait d'éteindre un feu ou un médecin de guérir une personne malade. C'est le devoir de Pop. Il a été formé pour ça.

Quelle idée stupide il a eue de choisir ce métier ! Il n'aurait pas pu être plombier ou, je ne sais pas, pâtissier ?

Miam... Pâtissier...

(...)

Je viens de parler avec Michaël. Je lui ai dit que je devais raccrocher parce que j'ai des devoirs à faire.

Il m'étouffe un peu. J'ai besoin de ma bulle de solitude. Je sais qu'il m'aime, il me l'a répété au moins vingt fois. Et il m'a envoyé un courriel avant souper avec un million de

« Je t'♥ ». C'était interminable. J'ai fait « Aperçu avant impression » et si j'avais imprimé son message, il aurait pris... 756 pages !

Je me trouve poche de ne pas l'aimer autant qu'il m'aime. Ça va venir.

Sûrement.

(…)

Grosse semaine en perspective :

❀ Lancement du groupe d'entraide. On va repeindre le local demain après l'école et dans deux jours, on pourra procéder à l'ouverture officielle. Faut aussi discuter avec l'infirmière afin de pouvoir afficher des tracts sur différents sujets intéressant les « jeunes » (comme dit Grand-Papi). Elle sait où en trouver, nous a dit le directeur.

Genre si quelqu'un est déprimé mais qu'il n'a pas envie de parler, il aura au moins un endroit où se relaxer. S'il trouve un feuillet qui le renseigne sur son problème, il va peut-être le lire.

❀ Fred est sur le point de retourner à l'école. Il a dit à Mom et à Pop qu'il ne se sentait pas assez bien, mais ils ne sont pas dupes : il *court* dans la maison avec ses béquilles. D'ailleurs, Fred a rempli un des formulaires d'autorisation de Mom. C'était une blague, mais faut croire que mon frère a pris cela au sérieux. J'ai essayé de l'espionner pour savoir ce qu'il complote, mais Youki mon p'tit chien d'amooouuurrr, probablement par solidarité avec mon frère, a commencé à japper quand je me suis couchée par terre pour regarder par la fente de la porte.

❀ J'ai clavardé quelques minutes avec Kim. Demain, elle aura une « surprise » pour moi. Une surprise ? Argh ! J'aime les surprises, mais j'hais ne pas savoir ce que c'est ! 😾 J'ai essayé de lui tirer les vers du nez. J'ai tout fait, je l'ai même menacée de révéler au grand jour qu'elle déteste les brocolis, mais elle n'a pas cédé. *Schnoute*, ça va m'empêcher de dormir !

❀ Nath va mieux. Elle ira faire un tour à l'école demain. Elle ne veut pas voir de psychologue, elle préfère régler le problème elle-même. Hum... Une chose à la fois : elle remet les pieds à l'école, c'est une bonne chose ! Après, on verra. Mais Kim et moi, on ne va pas l'abandonner !

❀ Deux gros examens cette semaine, en français et en histoire. J'avais la fin de semaine pour me préparer. En étudiante studieuse que je suis, je n'ai pas ouvert une seule fois mes bouquins. Pour faire changement, je vais étudier à la dernière minute et je vais me maudire de ne pas avoir commencé avant. Je suis *tellement* prévisible. 😞.

❀ Mon costume d'Halloween ! Je dois trouver une idée malade mentale. Et la mascotte *n'est pas* une idée malade mentale.

(…)

Je viens de donner un coup de fil à Mathieu. Pas de réponse. J'ai hâte de le voir demain.

(…)

Fred fait des recherches sur le Net pour « remplir adéquatement le formulaire » de Mom. Qu'est-ce qu'il prépare ?

Ça tombe bien, faut que j'étudie. Oui, oui !

Vous cherchez un cercueil à bon prix et avez l'écologie à cœur ? C'est Mort-à-nouveau qu'il vous faut ! Nous offrons une vaste gamme de cercueils recyclés à prix imbattables. Ils ont tous été désodorisés et toute trace de leur ancien locataire a été effacée. D'où proviennent-ils ? Le mort qui va l'occuper a l'éternité pour trouver une réponse.

www.mort-a-nouveau.com

La conquête se poursuit

Namxox

Publié le 24 octobre à 12 h 06 par Nam
Humeur : Émue

> **J'adore Kim**

Ça faisait un petit bout de temps que mon blogue n'avait pas été pollué par une publicité. Ça ne me manquait pas du tout. D'autant plus que c'est une publicité de mauvais goût. Genre, de TRÈS mauvais goût. Et franchement, qui veut acheter un cercueil usagé ? C'est débile. 😎 Et comment ils les livrent ? En pièces détachées ? Dans un corbillard ? Et ils les trouvent où ? Des gens sont payés pour les déterrer ? Ça ferait un bon sujet de roman d'horreur...

Je vais la bloquer, en espérant que ça ne recommencera pas.

(...)

Kim est *tellement* chou !

Ce matin, Grand-Papi est allé reconduire Fred et Tintin à l'école. J'ai refusé de les accompagner parce que j'avais un objectif matinal précis.

Quand je suis arrivée à l'arrêt d'autobus, j'ai tout de suite attaqué Kim : je voulais savoir quelle était la surprise. Pas dans deux heures, pas dans dix minutes, pas dans une minute, TOUT DE SUITE. Comme je l'avais prédit, ça m'avait empêchée de dormir. Je n'allais pas perdre l'occasion de me venger.

Je crois que je lui ai posé la question au moins cent fois. Sans compter que je lui ai demandé de me donner des indices, des très petits. Puis un autre et un autre.

Finalement, pour avoir la paix, elle m'a dit que je le saurais à l'école.

Ahhhh ! Victoire ! 😊

À l'école, nous nous sommes arrêtées devant le local du groupe d'entraide. Kim n'avait pas la clef, mais elle m'a demandé de jeter un coup d'oeil par la fenêtre. J'ai vu deux pots de peinture sur le plancher du local. Un avec un point blanc sur le couvercle et un autre avec un point rouge.

– Est-ce que tu saisis ? m'a demandé Kim.

– Euh... On va utiliser les pots de peinture pour jouer du tam-tam ?

Nawak ! Elle m'a donné un coup sur l'épaule.

– Arrête ! Regarde les couleurs. Concentre-toi sur le rouge.

J'ai observé le pot.

– Je suis concentrée, mais il ne se passe rien.

– Le rouge, qu'est-ce que ça te dit ?

– Rien. C'est une couleur.

Elle m'a regardée comme si je venais de dire la plus grosse bêtise de tous les temps. En détachant ses mots :

– Fais. Un. Effort.

– D'accord, d'accord. Rouge... Rouge... Réglisse rouge.

– C'est ça !

– Quoi, c'est ça ? La peinture est à base de réglisses rouges ? En grattant les murs, c'est ce que ça va sentir ?

– Ce serai cool, mais ce n'est pas ça. On va appeler le groupe d'entraide les Réglisses rouges !

– Vraiment ?

– Oui !

Et comme deux folles, on a commencé à sauter sur place en émettant des couinements invraisemblables.

C'est l'idée du siècle après le t-shirt qui prévient que c'est le moment de mettre de l'antisudorifique !

Et c'est flatteur. Quand j'ai inventé les Réglisses rouges l'année dernière, je n'imaginais pas que ces deux mots prendraient autant d'expansion. Bientôt, on pourra ouvrir des succursales aux quatre coins du pays. Je serai tellement riche que je pourrai acheter une équipe de hockey et un amphithéâtre, et me promener dans un avion en forme de réglisse qui utilise des arcs-en-ciel comme carburant.

Et ce, alors que je n'ai que quatorze ans ! À quinze ans, j'irai planter moi-même une réglisse rouge sur Vénus et grâce à je ne sais quelle réaction chimique, la planète entière se transformera en réglisse rouge !

Bon.

Je me calme les nerfs.

C'est une très bonne idée, ça me fait *vraiment* plaisir.

(…)

Alors que j'étais devant mon casier ce matin, Michaël est arrivé. Et il m'a collée. Pas de manière agréable. Comme si on était des aimants géants et que j'étais le côté positif et lui, le côté négatif. Dès que je m'éloignais, PAF ! (oui, oui, c'est le bruit que ça fait), il se recollait sur moi.

Ça me fait capoter.

J'ai besoin d'air.

Ce midi, je lui ai dit que je voulais être seule. J'aime être avec des amis, mais j'aime aussi me retrouver seule des fois. Je suis comme ça.

Il l'a mal pris. J'ai fait un compromis, il est venu avec moi à la biblio. Il s'est assis à deux mètres de moi et, en ce moment, il fait semblant de lire un magazine. Je sens toujours son regard sur moi. Quand je me tourne vers lui, il m'envoie des baisers soufflés.

C'est *cute* au premier et au deuxième, mais au cent soixante-dix-septième, ça commence à me donner des boutons.

Va falloir qu'on discute lui et moi. Va falloir que je lui donne mon mode d'emploi (même si je ne comprends pas encore moi-même certains chapitres).

(...)

J'ai d'autres trucs à raconter mais ça va bientôt sonner.

Vive les Réglisses rouges !

> Kim et moi, peut-être coupables d'un crime grave

Journée vraiment productive aujourd'hui. Et plutôt catastrophique.

On a fini de repeindre le local des Réglisses rouges. S'il n'y avait eu que Kim et moi, on y serait encore. On est vraiment poches pour peinturer !

C'est quand même assez simple. Un pinceau ou un rouleau, un contenant et de la peinture. Comment on peut rater son coup ?

Eh bien, mesdames et messieurs, c'est possible !

J'ai fait ma chambre l'été dernier, mais bon, j'ai reçu un peu (beaucoup) d'aide. Là, avec Kim, on était toutes seules. Fallait se débrouiller comme deux pauvres ados avec une responsabilité trop grande pour elles.

Primo, Kim et moi n'avions pas prévu que ça allait être aussi salissant. Bien entendu, nous n'avions pas les vêtements appropriés. Killer, le sympathique concierge, nous avait pourtant averties ; même de la peinture à l'eau, ça tache. Quand on se salit, il faut nettoyer immédiatement avec une serviette d'eau tiède. Sinon, c'est marqué à vie.

On est allées chercher nos vêtements d'éducation physique. J'ai trouvé les miens au fond de mon casier, à côté d'un vieux lunch qui s'est enfui quand il a vu de la lumière.

Les vêtements, dans un sac de plastique, étaient encore humides de ma transpiration. Ça faisait tellement longtemps qu'ils étaient là que je ne les ai même pas reconnus au premier coup d'oeil.

Je suis allée aux toilettes et je les ai passés sous le séchoir. Ils puaient moins après, mais ils étaient comme croustillants.

Avec la peinture, j'ai décidé de faire très attention pour ne pas me salir. J'ai commencé par le découpage. Une goutte de peinture est tombée sur mes doigts. Puis une autre sur le dos de ma main. Et sur mon bras. Et mon nez me piquait et ma peau sous mes vêtements, alors ça s'est étendu sur mon visage et partout sur mon corps.

Avant de devenir folle, je suis allée voir Killer dans son local pour savoir s'il avait un truc pour empêcher la peinture de nous recouvrir entièrement. Il m'a remis les énormes sacs en papier dont il se sert pour ramasser les feuilles mortes avant de les envoyer au composteur. En faisant des trous au bon endroit, on pourrait s'en servir comme « armure ».

On a fait des trous pour passer la tête et les bras. Et avec d'autres sacs, on a emballé nos bras et nos jambes. Killer est allé à la cafétéria et il a rapporté quelques sacs à congélateur, des sacs à lunch transparents, mais obèses. On les a mis sur notre tête. Et on avait des gants jaunes en caoutchouc pour protéger nos mains si douces et si sensibles.

On avait l'air hyper ridicules. 👀

On bougeait comme des poupées désarticulées sorties d'une benne à ordures.

Ça n'a pas pris de temps que je me suis débarrassée de ce déguisement du diable. Kim, qui ne voulait vraiment pas se salir, l'a gardé. C'est la première fois que je l'entends pousser des jurons. Pas deux ou trois, c'était genre quatorze de suite toutes les trente secondes.

Comme si la situation n'était pas suffisamment étrange, on a cogné à la porte. Je n'ai pas reconnu la personne chauve qui osait venir nous interrompre dans notre tâche ingrate.

Que le grand cric me croque, c'était Marguerite ! Elle a complètement fait raser ses cheveux parce qu'on a gagné vendredi dernier !

Et, euh, ça ne lui va pas trop bien. Elle a l'air d'un oeuf à la coque.

Je pensais que les mèches qu'elle avait coupées avec son coupe-ongles était un moment de folie.

Eh bien non ! Elle a tenu parole.

Elle est juste venue nous dire bonjour et nous encourager (et nous faire peur).

C'est long repeindre un local. À un moment donné, j'ai demandé à Kim si ce ne serait pas une bonne idée de lancer de la peinture sur le mur pour l'appliquer ensuite. Kim n'a pas répondu, trop occupée à replacer son capuchon de plastique qui lui retombait constamment sur le front.

Au bout d'une heure, deux murs avaient été repeints mais on aurait dit qu'il y avait eu un meurtre dans le local. De la peinture rouge, il y en avait PARTOUT (même sur l'horloge située en face du local et fixée près du plafond, comment était-ce possible, la peinture avait sauté ?).

Kim s'est finalement fâchée contre son habit de clochard et elle a entrepris de le déchirer. Car pour être sûres qu'il tienne en place, on avait mis du ruban gris de plomberie, un ruban quasiment impossible à décoller. Il a fallu se servir de ciseaux, j'ai passé à ça d'appeler les pompiers pour qu'ils apportent leur pince de désincarcération.

Fatiguée de lutter pour se libérer, Kim m'a demandé de la laisser mourir et d'inviter les animaux errants à la dévorer afin qu'elle se retrouve devant un nouveau cycle de vie.

Finalement, Killer a été notre sauveur. Il a fait fondre l'armure de Kim avec de l'acide à batterie d'automobile (OK, avec des ciseaux qui n'ont pas servi depuis la Première Guerre mondiale) et il nous a promis qu'il allait terminer pour nous.

Tellement Réglisse rouge, cet homme !

Pour finir ce bel après-midi, Kim, avant de quitter le local, tout en me disant à quel point elle était heureuse de ne pas s'être salie (on n'a pas parlé de son estime de soi à tout jamais meurtrie), a mis un pied dans le seau à peinture rouge. 😲

Sachant que c'est physiquement impossible de proférer soixante-quatorze jurons en une seule respiration, j'ai été impressionnée de l'entendre émettre une soixantaine de gros mots sans reprendre son souffle. Killer a beau mesurer plus de deux mètres et pouvoir déchirer en deux avec ses mains le bottin téléphonique de la ville de New-York, il a tout de suite cessé de rire quand il a vu à quel point elle était fâchée.

Kim s'est rendue aux toilettes et, dans le petit lavabo, elle a essayé de laver sa chaussure, sa chaussette et le bas de son pantalon. Comme les toilettes sont loin du local, elle a laissé une trace de dix kilomètres entre les deux, comme si la victime d'un meurtre avait essayé de s'enfuir (en dansant la gigue parce qu'encore une fois, il y en avait à des endroits incongrus).

Avec la serpillière de Killer, j'ai essuyé toutes ces preuves accablantes de notre maladresse. Puis en apercevant Kim devant le lavabo, j'ai eu la vision d'une fille en petite culotte en train de se laver un pied dans la cuvette des toilettes, tirant la chasse d'eau aux trente secondes en gloussant comme une dinde. 😳

– Euh, Kim ? Tu t'amuses ?

– Non, l'eau est froooide !

Bref, parce que les lavabos sont trop hauts, elle a décidé de faire comme si la cuvette était un bidet. Et parce que ça l'écœurait au max, elle tirait la chaîne comme une malade.

Dans une autre cabine, j'ai retrouvé sa chaussure, sa chaussette et son pantalon. Je dois dire que dans les circonstances, c'était quand même bien nettoyé. 😳

J'ai appelé le taxi Grand-Papi et nous sommes rentrées. Je me suis douchée, Kim aussi (mais pas ensemble et pas en même temps !).

D'ailleurs, je crois que ma *best* est encore sous le jet au moment où j'écris ces lignes. Et ce, même si ça fait plus de deux heures et que le réservoir d'eau chaude est vide. Son expérience de l'eau de toilettes l'a rendue légèrement dédaigneuse et probablement plus vraiment sensible au froid.

J'ai encore plein de choses à écrire, sur Michaël et Mathieu entre autres, mais je suis morte. Et je dois étudier.

Bon, mon frère veut faire des recherches sur le Net pour son nouvel « exploit ». Pfff...

> Qu'est-ce qui se passe ?

J'ai été suspendue de l'équipe d'impro !!! Avant de partir cet après-midi, on m'a appelée à l'intercom. Marguerite m'attendait dans le bureau du directeur.

Je me demandais ce qui se passait. Pendant une seconde, j'ai pensé que c'était à cause des cheveux de Marguerite. Ou plutôt de ses non-cheveux. Je ne sais pas pourquoi, mais j'avais l'impression qu'on allait m'accuser d'un crime contre les poils parce qu'elle s'est rasé la tête après notre victoire.

Puis j'ai allumé : on voulait officialiser la série de défaites consécutives des Dé-Gars en m'offrant une plaque commémorative, un trophée ou un voyage toutes dépenses payées dans un pays du Sud.

Depuis hier, on ne cesse de me féliciter pour ma performance pendant le match. Même des élèves que je ne connais pas m'arrêtent pour me parler de ma performance. Je reste *full* humble parce que je suis bien placée pour savoir que le match suivant, je peux être nulle. N'empêche, ça me touche quand même. C'est plaisant d'être une (micro) vedette.

Mais je me trompais, ce n'était pas ça du tout. Le directeur et Marguerite avaient un air de salon funéraire. C'est rare que Marguerite ne sourit pas. Pas parce que je suis l'ado la plus belle, la plus gentille et la plus *cool* du monde, mais parce qu'elle est comme ça, elle a toujours le sourire aux lèvres.

Pas cette fois.

Pire : elle semblait désolée pour moi.

Tout de suite, le directeur m'a informée que la ligue d'impro avait reçu une information anonyme selon laquelle j'avais triché pendant le match.

TRICHÉ !

Je sais que c'est ridicule, mais je me suis dit : « Ils savent pour la boisson énergétique ! »

Ce n'était évidemment pas ça : le responsable de la ligue a reçu un courriel indiquant que j'avais eu en ma possession les sujets des improvisations avant le match. Et c'est pour cette raison que j'avais aussi bien joué.

NAWAK !!!

Je suis restée silencieuse. Marguerite a posé la main sur mon genou et m'a dit :

– Je pense que c'est impossible, mais si t'as quelque chose sur le cœur, tu peux me le dire, ma p'tite fille. Je vais comprendre.

Comprendre ! Comprendre quoi ? C'étaient des accusations complètement farfelues.

– Je n'ai pas triché, c'est absurde. C'est n'importe quoi !

Marguerite s'est tournée vers le directeur :

– Je le savais !

Monsieur M. lui a fait signe de se taire.

– On doit prendre au sérieux ces accusations, a dit le directeur.

Tout de suite un nom m'est venu à l'esprit : Jimmy.

– Ce que vous me dites, c'est que n'importe qui peut envoyer un courriel anonyme et dire que telle personne a triché et que, sans aucune preuve, vous allez la suspendre ?

– C'est le règlement, a fait Monsieur M.

– C'est un règlement stupide.

J'avais envie de pleurer, mais je me suis retenue de toutes mes forces. Il me semble que j'aurais perdu de la crédibilité. Ou peut-être que ça m'en aurait donné ? Je ne sais plus !

– Dans le courriel, il est indiqué que tu gardes les informations dans ton casier...

J'ai interrompu Monsieur M.

– Vous voulez voir ? Ça ne me dérange pas.

J'étais en colère, maintenant.

– On n'a aucune raison de croire que tu as triché, a dit Marguerite, constatant que j'avais changé de registre.

– Eh bien, expliquez-moi pourquoi je suis suspendue, alors ! C'est comme si j'étais coupable alors que je n'ai rien fait.

Monsieur M. a pris la parole.

– Si ce n'était que de nous, tu ne serais pas suspendue. Mais c'est le règlement de la ligue d'improvisation, nous n'avons pas le choix.

Je suis revenue à la charge :

– D'accord, venez voir mon casier. Je m'en fous, vous pouvez le fouiller tant que vous voulez, vous ne trouverez rien.

– Nous ne pouvons pas t'y obliger, a dit Monsieur M.

– Vous ne m'obligez pas du tout. On va aller le fouiller ensemble.

Je me suis levée. Marguerite et le directeur ont semblé désarçonnés par ma détermination.

Le directeur s'est levé à son tour et Marguerite l'a suivi. J'ai ouvert la marche, le dos droit, les fesses et la mâchoire serrées. Pas question de me laisser faire !

J'ai croisé Mathieu.

– Ça va ? il m'a demandé.

– Non.

J'ai poursuivi mon chemin sans m'arrêter.

Pendant que je me demandais si j'allais retrouver des trucs gênants dans mon casier, je me disais en même temps que c'était vraiment humiliant d'être soupçonnée. La majorité des élèves avait quitté l'école, mais il en restait encore quelques-uns pour me voir avec Marguerite et le directeur. C'était clair qu'ils ne se disaient pas: «Tiens, cette fille fait de la marche rapide avec le prof d'art dramatique et le directeur. » Non, ils se disaient plutôt : « Cette fille est dans le pétrin, je ne voudrais pas être à sa place. »

C'est comme ça que les rumeurs commencent. Présentement, il y a sûrement un élève qui clavarde avec un autre et qui écrit : « J'ai vu la fille de l'impro avec le directeur et une chauve. C'est clair qu'elle a commis une bêtise. » Ça va se répandre comme une traînée de poudre. Demain matin, tous les élèves vont m'observer d'un oeil suspicieux en se disant : « C'est la fille qui a commis le meurtre dans le futur local des Réglisses rouges. Et en plus, elle noie des chatons dans ses temps libres. »

Je déteste cette situation !

Le pire est que je me sens coupable même si je n'ai rien fait !

Évidemment, le directeur et Marguerite n'ont rien trouvé dans mon casier (mais j'ai retrouvé mon miroir aimanté, il n'y a que ça de positif).

On est retournés au bureau du directeur et il m'a expliqué que pour lui, je n'étais coupable de rien, vu la réaction que j'ai eue. Il fera un rapport et demandera que ma suspension soit levée immédiatement. Marguerite m'en donnera des nouvelles.

– Je crois que c'est Jimmy, j'ai dit. Il m'en veut à mort.

– On n'a aucune preuve, a dit le directeur. L'important est que les accusations ne soient pas fondées.

Les preuves, encore les preuves ! Jimmy est le seigneur des Réglisses noires, c'est ça, la preuve !

C'est vraiment une histoire de *schnoute*.

Je vais souper.

Prisonnière

Namxox

> Le problème avec Michaël

Je viens de me chicaner avec Michaël. Super, ça ne fait même pas trois jours qu'on sort ensemble !

Il y a trop de trucs qui accrochent et il fallait que je lui en parle.

La première chose qui me tape sur les nerfs, c'est sa jalousie.

Il dit qu'il n'est pas jaloux. Me semble ! Si ce n'est pas de la jalousie, je me demande ce que c'est !

Savoir que je parle à Mathieu, ça le rend fou. On dirait que parce que je sors avec lui, je n'ai plus le droit d'avoir des amis masculins.

Je voyais bien que depuis quelques jours Mathieu l'énervait, mais je n'en faisais pas trop de cas. Je pense que c'est un peu normal qu'il y ait une forme de rivalité entre eux. Moi aussi, ça m'arrive d'être jalouse. Mais je suis capable de me contrôler. Je ne m'impose pas aux autres.

On tchattait et Michaël m'a demandé comment il se faisait que je ne lui répondais pas immédiatement. J'ai dit que c'était parce que je clavardais avec « quelqu'un ».

Mic amoureux ! : J'te gage que c'est avec l'autre.

Nam : L'autre ? Quel autre ?

Mic amoureux ! : L'autre gars.

Nam : Matou ?

C'est le surnom que j'ai donné à Mathieu. Je suis la seule qu'il autorise à l'appeler comme ça. Comme il dit, un surnom, ça atteint sa « virilité ». 😄

Mic amoureux ! : Matou ? C'est qui ?

Nam : Laisse faire. Je tchatte avec Kim.

Mic amoureux ! : C'est Mathieu, n'est ce pas?

Nam : C'est Mathieu. Je l'appelle comme ça.

Mic amoureux ! : OK, vous êtes tellement proches que vous vous êtes donné des surnoms.

Nam : Ouais.

Quelques minutes plus tard :

Nam : T'es là ?

Il ne répondait pas. Est-ce qu'il boudait ? J'ai appelé chez lui, il a répondu.

– Qu'est-ce se passe ? Pourquoi tu ne réponds pas ?

– Parce que.

La réponse qui tue (et me tue !).

– Parce que je t'ai parlé de Mathieu ?

– Peut-être.

– C'est quoi le problème ?

– Rien. Laisse faire.

– Non, il n'y a pas rien. Quoi, tu voudrais que j'arrête de parler à Mathieu juste pour te faire plaisir ?

– Laisse faire.

Je lui ai souhaité bonne nuit et j'ai raccroché.

Vendredi, quand j'ai appris que la mort de Zac était due à une négligence, j'étais bouleversée. J'aime encore Zac et je crois que je l'aimerai toute ma vie. Comme Madeleine, ma psychologue, m'a dit, dans ma tête, Zac aura toujours 13 ans, il aura toujours à mes yeux une image parfaite. Parce que j'étais follement amoureuse de lui quand il est parti, je l'ai idéalisé un peu. Genre, il sera toujours l'amoureux parfait (parfait parce qu'il ne pourra jamais me contrarier ou me décevoir puisqu'il est mort !).

Il ne faut pas que je m'accroche à cet amour éternel. Je dois faire mon deuil et passer à autre chose, sinon je ne pourrai pas évoluer. Il se pourrait que je n'arrive jamais à faire la paix avec son départ, m'a dit Madeleine. L'important, c'est de vivre ce que j'ai à vivre, de ne pas ignorer mes sentiments et de les communiquer. Si je garde ça en moi, ça va pourrir.

J'ai donc parlé à Michaël de ce que je ressentais. Et sa réaction a été, comment dire ? Brutale. 😖

Il m'a dit : « Reviens-en ! »

Ouche.

Tandis que lorsque j'en ai parlé avec Mathieu, hier, il m'a demandé comment j'allais, comment je me sentais et s'il pouvait faire quelque chose pour moi.

Est-ce que j'ai fait le bon choix ?

Est-ce moi qui ai fait le choix ou est-ce que je n'ai pas plutôt subi celui de Michaël ?

Tous mes proches sont super heureux que je sois en couple avec lui. C'est genre « normal ». Parce qu'il est clair qu'il m'aime et qu'il est très romantique. Et que par conséquent, je n'ai AUCUNE RAISON de ne pas sortir avec lui.

Hum...

De toute façon, va falloir qu'il se calme les nerfs avec sa jalousie. Je suis libre, moi. Je fais ce que je veux avec qui je veux.

(...)

Cet après-midi, après la rencontre avec Marguerite et Monsieur M., Mathieu m'attendait. Il était assis, le dos à mon casier. Il lisait un roman. Il l'a refermé dès qu'il m'a vue.

– Ça va ?

– Non, j'ai dit.

Puis, comme si sa présence me permettait de me détendre, j'ai éclaté en sanglots. Il s'est relevé et m'a ouvert les bras. J'ai collé ma tête sur sa poitrine et je me suis laissée aller à pleurer. Et ça m'a fait du bien. La boule d'anxiété que j'avais dans le ventre s'est rapidement dissoute.

– C'est complètement absurde, a dit Mathieu. C'est tellement n'importe quoi, comme accusation. Comment t'aurais fait pour avoir les informations avant le match ?

– Je ne sais pas. Mais tu ne le dis à personne, d'accord ? Ça reste entre toi et moi.

Il a fait oui de la tête. Et nous sommes sortis.

Je n'en ai parlé à personne d'autre, pas même à Michaël. 🙁

Ces accusations n'ont aucun sens. Mais les personnes qui vont l'apprendre vont sûrement se dire qu'il n'y a pas de fumée sans feu. Et que je suis probablement impliquée dans une histoire louche.

Dans l'autobus, pour changer de sujet, j'ai demandé à Mathieu si c'était lui qui avait téléversé l'horrible vidéo de l'accident ridicule de mon frère.

– Non, je l'ai envoyée à Tintin comme il me l'a demandé.

Ahhh ! J'allais me plaindre qu'à cause de lui, ma vie n'est plus la même depuis que je l'ai vue quand il m'a dit :

– Tu sors avec, n'est-ce pas ?

J'ai joué à la fille au quotient intellectuel plus bas que la température moyenne de l'Antarctique :

– Tintin ? j'ai demandé en faisant l'innocente. Non, pas du tout.

Mathieu m'a regardée avec l'air de dire : « Cette réponse n'est pas digne de toi, jeune fille resplendissante et pleine de vie. »

J'ai baissé les yeux :

– Ouais, je sors avec, mais...

– Pas besoin de te justifier. C'est correct.

Il n'avait pas l'air fâché, ni déçu. J'aurais aimé avoir un indice sur ce qu'il ressentait.

– Je ne me justifie pas. C'est juste que je ne veux pas que tu aies de la peine.

– C'est inévitable.

Schnoute !

– Je n'aime pas cette situation. Je sais que tu souffres et ça me désole.

– Vis ce que tu as à vivre avec lui.

Mathieu a appuyé sur le bouton pour avertir le chauffeur qu'il voulait sortir au prochain arrêt. Il s'est rapproché. Je croyais qu'il allait m'embrasser ! Non (malheureusement)! Mais il m'a chuchoté dans l'oreille :

– Je t'aime.

Et il est parti. 😊

(...)

La journée n'a pas été si catastrophique. Une chance !

Kim et moi avons été super surprises en découvrant l'état du local des Réglisses rouges. Killer l'a tout repeint comme on le lui avait demandé. Quand on est allées le voir pour le remercier, il nous a dit qu'il a terminé le travail à minuit ! 😮

Super extra !

Ce qui reste à faire : créer une affiche et imaginer une idée malade mentale pour en faire la promotion.

Idée malade mentale que j'ai eue : donner des réglisses rouges aux élèves avec un petit papier indiquant à quoi sert le local.

Monsieur M. nous a donné cent dollars de budget. Cent dollars de réglisses rouges ! Miam ! Je me demande si ça en fait assez pour remplir une piscine pour que je puisse nager dedans...

Après l'école, Kim devait m'accompagner dans le magasin de bonbons d'un parent de Monsieur M. qui est censé nous faire un bon prix.

Finalement, Kim y est allée seule. Elle m'a écrit tantôt, elle a commandé pour cent dollars de réglisses rouges. Il n'en avait pas assez en magasin, il a fait une commande spéciale.

J'espère que le monsieur a bien compris et qu'il ne va pas commander une seule réglisse rouge de cent dollars. Genre une réglisse immense et longue comme un cargo.

Mon frère a besoin de l'ordi.

Il est retourné à l'école, d'ailleurs. Et sous prétexte qu'il est en béquilles, il se permet d'arriver en retard aux cours.

Mais il pousse un peu sa chance. Sa prof de maths a laissé un message dans la boîte vocale : quand il a mis son plâtre dans la classe aujourd'hui, il ne restait que quinze minutes au cours.

Qu'est-ce qu'il a fait pendant les 60 minutes précédentes ? Je comprends qu'il n'est pas super vite avec sa cheville cassée, mais on ne le force pas à tirer un autobus avec ses cheveux !

Il me décourage.

On mange
des morts

Namxox

> ## Je savais que ça allait se répandre

Tout le monde est au courant de ma supposée tricherie.

D'accord, peut-être pas « tout le monde », mais des élèves m'en ont parlé. Un gars de ma classe a entendu dire à la cafétéria que je ne faisais plus partie de l'équipe d'impro. J'ai joué l'innocente, j'ai demandé qui avait dit ça, mais il a refusé de me donner le nom. Si j'essaie de l'étrangler pour le forcer à cracher l'information, ça pourrait mal paraître, alors je l'ai laissé tranquille.

Argh ! Je vais mordre quelqu'un !

Entre la première et la deuxième période, j'ai couru au local de Marguerite (qui porte maintenant une perruque, un truc impossible avec un nid d'oiseau dedans qu'elle a trouvé dans les costumes).

– Y'a déjà des gens qui savent, je lui ai dit. Est-ce que ma suspension temporaire est levée ?

– Je l'ignore, ma p'tite fille. Monsieur M. devait parler avec le responsable de la ligue hier. Je vais en savoir plus aujourd'hui. Mais ne t'inquiète pas, ça va se régler, c'est une question d'heures.

M'inquiéter, moi ? Voyons ! Tellement pas mon genre !

Le problème, c'est que dès qu'une personne est mise au courant d'une nouvelle, même fausse, cette nouvelle reste incrustée dans son cerveau, même si elle a été démentie dix mille fois.

Ça ressemble aux légendes urbaines. Des trucs ridicules que continuent de raconter tous ceux qui avalent et régurgitent n'importe quelle idiotie.

Exemple ? Il y a une statue en cuivre à l'entrée de l'école sur un socle en béton. Elle représente un prof des années 60 qui enseigne avec une baguette (pas de pain, mais de bois, tsé).

Aparté : Grand-Papi m'a raconté que quand il fréquentait l'école il y a 105 ans, les profs donnaient des coups de baguette sur les doigts des élèves dissipés! 😮 Ouche ! C'était violent ! Le pire ? Ça n'empêchait pas Grand-Papi de faire des mauvais coups ! Il connaissait des techniques pour avoir moins mal : il faisait semblant de pleurer, les profs y allaient moins fort. Ça ne pourrait tellement pas arriver aujourd'hui : un prof qui frappe un élève avec un bâton serait électrocuté, c'est sûr. Certaines Réglisses noires le mériteraient pourtant...

La statue, donc. C'est un genre d'hommage à tous les profs qui consacrent leur vie à enseigner. Cette statue était devant une autre école avant, école qui a brûlé (ce n'est pas moi, je le jure !). On a récupéré la statue et on l'a plantée devant notre école secondaire.

Voici l'histoire qu'on raconte à son sujet : un prof serait tombé dans une bassine de cuivre bouillant (vraiment ?!)

alors qu'il passait par là (hein ?!). Bien entendu, il est mort ébouillanté. Et quand on a ressorti son corps, le cuivre l'avait durci. Parce qu'il ressemblait à la statue qu'on désirait sculpter, on l'a donc gardé comme ça. Ça signifie que sous le cuivre, à l'intérieur de la statue, il y a ce corps de professeur. Un peu comme dans le poulet pané, il y a le cadavre d'un poulet. 😐. OK, *weird*.

Comment s'est créée cette rumeur ? Quand on la regarde de plus près, la statue a été conçue de manière très réaliste. Par exemple, on peut voir des plis dans le pantalon et la chemise du prof, les lacets de ses chaussures sont bien visibles ainsi que le détail de ses cheveux. Là où ça se gâte, c'est au niveau du visage. Aïe ! Vraiment épeurant. Tous les morceaux sont aux bons endroits, mais le prof a une drôle d'expression. En fait, pour être honnête, son expression n'est pas « drôle », elle est « inappropriée ». On dirait qu'il vient de sucer un citron pendant qu'une infirmière lui a piqué une fesse avec une seringue géante. Ou comme s'il avait devant lui un groupe de trente élèves qui, en même temps et sans avertissement, se sont mis à expulser par le nez un liquide gluant et vert rempli de grumeaux.

Comme il n'y a aucune manière satisfaisante d'expliquer cet air dégoûté que le sculpteur a mis sur le visage du prof, un petit rigolo a inventé cette histoire d'un professeur plongé dans une bassine de cuivre en fusion.

Le plus étrange, c'est que personne ne remet en question cette légende, même si elle ne tient pas debout (la statue, oui, mais pas l'histoire !). Il n'y a pas de professeur dans la statue, c'est évident, mais tout le monde croit qu'il y en a un. 😶

Est-ce que je vais devenir une légende urbaine à mon tour ? Genre, dans dix ans, on continuera de parler de cette fille de l'équipe d'impro (MOI !) qui a été suspendue parce qu'elle était trop poilue ? (Avec le temps, des détails s'ajoutent.) Ou entre les cours, les élèves, pour se faire peur, se raconteront l'histoire de cette fille qu'on a dû écarter de l'équipe d'impro (MOI !) il y a des années parce qu'elle avait triché en volant les sujets des impros, puis elle était disparue mystérieusement et elle avait par la suite hanté tous ceux qui avaient cru à sa culpabilité ?

Je dois me calmer. La situation n'est pas si dramatique (OUI ELLE L'EST !).

La cloche va sonner dans une minute.

Publié le 26 octobre à 17 h 24 par Nam
Humeur : Sucrée

> Heureux problème

Après l'école, Kim et moi nous sommes rendues au centre d'achat pour récupérer les réglisses rouges. Il y a eu un moment de silence quand on a vu ce qu'on devait rapporter à la maison.

Kim et moi, on avait fait de la place dans nos sacs à dos pour les paquets de réglisses rouges. Et on s'était dit, au pire, on demandera un sac pour chacune.

Cent dollars de réglisses rouges, finalement, ça fait pas mal de sacs rangés dans des boîtes. Ça fait plus de vingt boîtes ! Dans chaque sac, il y a vingt-cinq réglisses. Et dans chaque boîte, on y fait entrer quarante sacs. Donc, avec cent dollars, on a eu (25 réglisses X 40 sacs X 10 boîtes)... dix mille réglisses rouges !

On a ouvert nos sacs à dos et on a commencé à les remplir de sacs de réglisses. À nous deux, on a vidé... une seule boîte !

Devant notre étonnement, le vendeur de bonbons nous a expliqué :

– Il y a eu une erreur dans la commande. Et je ne peux pas les garder ici. Ils m'ont dit de les garder. Donc, vous prenez ce que vous voulez et le reste, je m'en débarrasse.

QUOI! Mettre des réglisses rouges toutes molles et pimpantes à la poubelle ? Je ne pouvais pas laisser faire ça. C'est un crime de lèse-réglisses rouges !

– On va toutes les prendre, j'ai dit.

Kim s'est tournée vers moi :

– Ouais, on va s'empiler des boîtes sur la tête, une par-dessus l'autre. Dans l'autobus, on n'aura qu'à marcher sur les genoux.

– Mais non, je vais appeler mon chauffeur préféré. Il va venir nous chercher.

Grand-Papi ne s'attendait pas à trimballer dix mille réglisses rouges dans son auto. On a eu peur au début, mais tout est rentré, finalement. Il y avait des boîtes dans son coffre arrière, sur le banc des passagers, sur nos genoux et à la place de Grand-Papi qui a conduit les fesses sur une boîte et la tête écrasée au plafond. D'accord, Grand-Papi n'a pas voulu parce qu'il paraît que c'est « trop dangereux ». Pfff... Tellement rabat-joie, ce grand-père ! 😊

Ce qui fait que je me retrouve avec neuf mille neuf cent quatre-vingt-douze réglisses rouges dans ma chambre (j'en ai mangé, euh, huit et j'ai un peu mal au cœur sans compter que j'en ai sept coincées dans mes broches).

Et je n'ai jamais été aussi heureuse de ma vie. Je peux mourir en paix, maintenant. J'ai accompli ce que je suis venue faire sur cette planète.

C'est l'heure du souper. J'ai TELLEMENT faim.

Les joies de la vie de couple

Namxox

Publié le 26 octobre à 19 h 55 par Nam
Humeur : Nauséeuse

> **La tentation me torture**

C'est une mauvaise idée d'avoir neuf mille neuf cent quatre-vingt-sept réglisses rouges dans ma chambre (je n'ai pas pu m'empêcher d'en manger deux ou trois... OK, cinq autres !). J'avais un petit mal de cœur avant le souper ? Là, j'en ai un gros. ☺ J'ai ouvert la fenêtre de ma chambre toute grande même s'il fait froid dehors, ça m'aide à ne pas vomir partout.

Si ça continue comme ça, demain, il n'y aura plus de réglisses rouges parce que je les aurai toutes mangées. Si mon dentiste me voyait, il me ferait un traitement de canal sur-le-champ. Je suis une mauvaise patiente. Je n'oublierai pas de me passer le jet de la douche dans la bouche pendant quelques minutes ce soir.

Tout cela pour dire que ces boîtes doivent disparaître le plus vite possible avant qu'on me retrouve allongée sur mon lit, en convulsions, malade d'une overdose de réglisses. Il me semble même les entendre parler et hurler que leur désir le plus cher est que je les mange ! Une fois l'étape des hallucinations auditives passée, c'est quoi la suite ? J'aurai des visions ? Genre, je me réveillerai cette nuit et je verrai des centaines de réglisses rouges danser autour de moi comme si j'étais un feu de joie ?

J'ai dit à Grand-Papi que j'allais lui donner une boîte ou deux, pour sa réserve. Au cas où il y aurait un cataclysme ou quelque chose du genre.

Je ne pourrai pas vivre longtemps comme ça.

Je. Ne. Pourrai. Pas.

(…)

Avec Michaël, ça ne s'arrange pas.

Il est gentil, ce n'est pas ça le problème. Il porte mon sac à dos, il me demande toutes les trente secondes si je vais bien, il m'accompagne à mes cours, il me glisse des mots doux dans mon sac, il m'a même offert une fleur ce matin (qu'il a arrachée sur un terrain privé et dans laquelle se baladait une bébitte vraiment affreuse, mais bon, c'est l'intention qui compte).

Il n'a pas été trop jaloux aujourd'hui. J'en ai discuté avec Kim. C'est peut-être une preuve d'amour, elle m'a dit. Pas sûre, moi.

Alors c'est quoi ?

Il y a aussi autre chose qui cloche : en même temps, j'ai l'impression d'être sa chose. Comme si j'étais un accessoire. Il est fier de me montrer. Comme si j'étais son nouveau téléphone cellulaire dont il vante les options à ses copains. Regardez, elle peut parler ! Regardez, elle peut me tenir la main ! Regardez, elle vient de cligner des yeux et elle respire en même temps, c'est formidable ! N'est-ce pas une merveille de fille ?

Ça me tracasse. 🙄

Est-ce que je me pose trop de questions ? Est-ce que j'exagère ? Est-ce ça, être en couple ? Je ne sais pas.

C'est sûr que d'un point de vue extérieur, je n'ai pas à me plaindre. Tout plein de filles aimeraient être traitées comme je le suis. Mais il manque quelque chose.

Je vais cracher le morceau : j'ai finalement compris que je ne l'aimais pas. J'ai essayé ! De toutes mes forces ! Mais non. Ça ne marche pas.

Je crois que tout ce qu'il a fait pour moi, tous ces trucs romantiques à mort, m'ont induite en erreur. C'est très plaisant d'être aimée et c'est aussi plaisant de voir l'envie dans les yeux des autres. Beaucoup de filles de ma classe m'ont dit que j'étais « chanceuse ». Je ne pouvais juste pas repousser Michaël. J'aurais été considérée comme une fille capricieuse, comme une princesse finie. J'ai agi comme mon entourage aurait agi, comme il *voulait* que j'agisse, sans tenir compte de mes vrais désirs.

Il y a aussi que je n'ai jamais eu le pouvoir de choisir. J'ai suivi Michaël comme un mouton. Il m'a annoncé qu'on sortait ensemble sans me demander mon avis.

Pas trop mon genre. Je crois que je n'ai pas réagi sur le coup parce que j'étais sous le choc.

Finalement, c'est cruel, mais mon amour pour Michaël a été gonflé artificiellement par mon amour pour l'amour. C'est ça : j'ai été amoureuse de l'idée d'être amoureuse. Ouf ! C'est dur à expliquer, mais je me comprends ! 😊

Le pire ? C'est à Mathieu que je pense. Continuellement. C'est à lui que je rêve la nuit. Je repasse dans ma tête ce qui s'est passé à la fête de Kim, quand il a surgi derrière moi et qu'il m'a effleuré le cou avec ses lèvres.

Ça me chavire complètement.

Je m'endors en y pensant. C'est, genre, un fantasme qui me donne des frissons.

Et en même temps, je me sens coupable. Parce que c'est injuste pour Michaël.

Je dois trouver un moyen de l'éloigner.

(…)

J'ai su ce que Fred et Tintin voulaient faire dans leur quête de la célébrité et de la richesse : ils veulent battre un record du monde.

Pas celui de la personne la plus petite (je suis sûr qu'il a fait le calcul s'il se coupait en deux). Pas celui de la personne qui parcourt le plus grand nombre de kilomètres en vingt-quatre heures sur un vélo à une roue (pour que mon frère puisse le faire, faudrait ajouter au monocycle deux roues sur les côtés et lui tenir la main). Pas celui du plus grand nombre de serpents à sonnette dans la bouche ou celui du plus grand sac à vomi qu'on trouve dans les avions (parlant de vomi, je n'ai plus mal au coeur... Est-ce le temps d'une pause réglisses rouges ? 🙂).

Bon, j'allais écrire l'exploit que mon frère compte réaliser, mais je dois lui céder l'ordi.

Ça tombe bien, il faut que j'étudie.

> La blague se poursuit

C'est juste stupide. Il y a un entraînement d'impro présentement et je ne peux pas y participer parce que j'ai été suspendue ! Et ça, même si la plainte n'est pas fondée. Marguerite m'assure qu'elle doit suivre le règlement, qu'elle n'a pas le choix. Je suis allée me plaindre à Monsieur M., mais il était en réunion.

Marguerite dit que Monsieur M. a fait son rapport le soir-même, mais qu'il n'a pas eu de nouvelles.

Qu'est-ce qui est si long ? JE N'AI PAS TRICHÉ !

C'est une injustice. Pourquoi ça m'arrive à moi ?

Je vais aller voir Jimmy afin de le frapper avec un poisson mort depuis deux semaines.

Parce qu'évidemment, lui, il trouve ça drôle. Il a demandé à mon frère comment allait sa « vedette de sœur » en impro. Fred n'est pas au courant de ce qui s'est passé, Jimmy lui a rendu service et lui a raconté que j'avais triché. Évidemment, il n'a pas dit que la plainte n'était pas fondée et que j'ai droit, comme a dit Marguerite, à la « présomption d'innocence » (je ne savais pas trop ce que ça voulait dire, mais je trouvais l'expression belle. Je viens de faire une recherche, l'expression signifie que je suis « innocente jusqu'à preuve du contraire ».) Je suis parfaitement d'accord !

Et je ne doute pas que présentement, Jimmy en profite pour répandre ce mensonge dans toute l'école et rire à gorge déployée, satisfait d'être parvenu à me faire suspendre.

Je déteste ce gars-là. Vraiment. Sincèrement. C'est une Réglisse noire sur les stéroïdes.

Pour ajouter à ma frustration, Michaël, quand il a vu ma réaction, m'a dit de ne pas capoter, que ce n'était pas si grave et que de toute façon, je n'avais aucune preuve que c'était Jimmy.

Il se mêle de quoi, lui ?

Je vais manger le clavier ! Grrr !

(…)

J'ai apporté quelques boîtes de réglisses rouges ce matin à l'école. Kim et moi, on les distribuera demain midi pour l'ouverture du Club des Réglisses rouges.

On a dessiné une pancarte et on l'a placée bien en vue. Ça représente les mots « Réglisses rouges » en lettres attachées comme si c'était… des réglisses rouges (concept !).

Beaucoup de gens s'arrêtent et se demandent ce que c'est. Il y a des rumeurs (encore !) que ce serait un dépanneur (hein ?) ou un club de tricot (re-hein ?).

Il y a des gars de la classe qui ont trouvé une blague vraiment hilarante : au lieu d'appeler ça le Club des Réglisses rouges, ils appellent ça le Club des… Pénis rouges.

Ah.

Ah.

Ah.

Tellement drôle. 😼

Quand est-ce que les gars de la classe vont passer à un niveau de maturité plus élevé que celui de la troisième année du primaire ?

Grrr ! Si ça continue comme ça, je vais manger le moniteur !

Et comble du comble, je n'ai pas trouvé mon costume d'Halloween alors que la fête est dans quatre jours. Il y a plein de gens dans la classe qui ont de super bonnes idées. Sauf les gars qui disent avoir trouvé le costume le plus original du monde : celui de « l'homme invisible ». Comment ils vont faire ? Ils vont rester chez eux !

Grrr ! Je vais manger la souris de l'ordi !

La cloche va sonner dans deux minutes et il ne me reste que l'écran à ingurgiter.

Je n'ai jamais autant mangé pour dîner.

Publié le **27** octobre à **16** h **48** par Nam
Humeur : Heurtée

> **Que faire ?**

Quelqu'un m'en veut. Mathieu a raison, ce n'est probablement pas Jimmy.

Pourquoi ?

Parce que j'ai reçu un courriel d'insultes pendant les heures de cours. Et en localisant l'adresse IP, je constate que ça ne vient pas de notre ville, mais de la ville voisine.

Le compte porte mon nom. J'étais donc assez surprise de recevoir un message d'une personne qui a le même prénom et le même nom que moi.

J'ai eu un choc en voyant l'adresse courriel : menteuse-voleuse@hotmail.com. Ça ne sentait pas bon.

Mon instinct ne m'a pas trompée : le courriel était blessant. Pire, vraiment méchant.

Je l'ai tout de suite effacé parce que c'est comme si j'avais reçu un coup de poing en pleine poitrine.

On me traite de noms vraiment mesquins que je ne veux pas réécrire ici. Et cette personne me dit que lorsqu'elle me verra, elle me crachera dessus.

C'est anonyme, évidemment. C'est signé : « Une personne qui te veut du bien ». Un anonyme qui a le sens de la dérision. Super.

Cette personne lâche me parle aussi de cette histoire de tricherie à l'impro. Elle me dit que c'est elle qui m'a dénoncée et que je « mérite » ce qui m'arrive.

Ce n'est pas le genre de Jimmy. Il est moins direct, plus hypocrite. Et à bien y penser, il n'est peut-être pas assez intelligent pour faire une plainte à la ligue d'impro.

Ce qui me trouble, c'est que c'est super personnel comme message. Cette personne qui me connaît m'a visée directement au cœur. Et elle a atteint sa cible. D'aplomb.

Et parce que je ne sais pas de qui il s'agit, je deviens parano. C'est quelqu'un de ma classe ? De l'école ? Peut-être Stive ? Il aurait appris que j'avais eu en ma possession son lecteur numérique ?

Nan, pas Stive. Le message n'était pas mal écrit et presque sans fautes. Stive m'aurait parlé de mes « totons » ou quelque chose du genre.

J'ai la ferme impression que c'est une fille. Il me semble qu'un gars, quand il veut insulter, il ne prend pas deux cents mots pour le faire, il va droit au but. Genre : « T'es stupide » ou « T'es conne ». Les filles parlent plus. Elles écrivent plus long. Ça a du bon, des fois, mais on entre aussi plus dans les détails dans nos insultes, on est des fois plus cruelles. Il est clair que j'ai fait mal à cette fille.

Je suis en bons termes avec toutes les filles de la classe. Elles ne sont pas toutes mes amies, mais je ne vois pas qui s'attaquerait à moi.

Qui, alors ?

L'anonymat, vraiment, j'en ai assez. C'est un manque de courage et c'est... violent. J'ai l'impression d'avoir été battue.

Quand ce sont des mots doux, c'est excitant de ne pas savoir qui les a écrits. Mais quand ce sont des méchancetés, c'est épeurant. Peut-être que cette personne, quand je suis en face d'elle, me sourit. Mais que dans le fond, elle me déteste.

Il ne me manquait que ça pour conclure ma journée géniale. J'ai enfin vu le directeur. Il a parlé au responsable de la ligue d'impro et mon cas « est encore à l'étude ». Monsieur M. m'a dit que c'est la première fois en vingt-deux ans (!) qu'il reçoit une plainte de ce genre. Et le président de la ligue ne sait pas trop quoi faire. D'autant plus que la gentille personne a mis en copie conforme invisible TOUTES les directions des écoles ayant une équipe d'impro. Eh oui, ça veut dire que toutes les écoles croient que je suis une tricheuse. Par ailleurs, l'équipe qu'on a affrontée a demandé d'annuler le match.

C'est la catastrophe. Et je me sens super mal.

Quand j'ai appris ça, je n'ai pas pu m'empêcher de fondre en larmes. Marguerite m'a prise sans ses bras et Monsieur M. m'a dit de ne pas m'inquiéter, qu'il me croyait, qu'il allait s'occuper de tout.

Il m'a suggéré d'en parler à mes parents. Je ne sais pas trop si je vais le faire. C'est humiliant.

Je pense que je vais garder ça pour moi.

Publié le **27** octobre à **20** h **24** par Nam
Humeur : Apaisée

> Ça soulage

J'en ai parlé à Mom, finalement. J'ai résisté un peu au début, puis je me suis laissée aller. Et ça m'a fait du bien, vraiment. Je me sens moins seule. Et ce n'est pas humiliant, finalement.

C'est ridicule, je sais, mais j'avais peur que Mom ne me croie pas. Ou qu'elle me dise que je m'en faisais pour rien, que j'exagérais. Ou que j'avais sûrement fait quelque chose pour mériter ce traitement. Elle ne m'a jamais dit ça et ce n'est pas son genre, je sais, mais c'est la crainte que j'avais.

C'est fou à quel point mes réflexions m'amènent parfois loin de la réalité. 🙂 J'ai une petite tendance à dramatiser. Une toute petite.

Pour souper, même si Mom avait préparé mon plat préféré (pâtes alfredo avec pain au beurre à l'ail), je n'ai presque pas mangé. Pendant que tout le monde dévorait son assiette (le contenu, je veux dire), Mom m'a demandé si tout allait bien. J'ai dit que j'avais mal aux dents.

Nawak !

Ce qui est complètement absurde. C'est comme si j'entrais à la maison avec un bras en moins, qu'elle me demande, catastrophée, si je vais bien et que je lui réponde : « Non, j'ai un feu sauvage ».

J'ai demandé de sortir de table et je me suis précipitée dans ma chambre, convaincue que ma vie était terminée parce que tout le monde et leurs cousines me détestaient. Convaincue que j'étais une mauvaise personne et que je méritais d'être traitée de la sorte. Et que si je n'avais pas reçu d'autres courriels du genre, c'était parce que les personnes à qui je pue au nez pensent que je ne vaux même pas un autre message.

J'ai enfoui ma tête sous mon oreiller et j'ai pleuré. Je n'ai pas entendu Mom cogner à la porte, de sorte que lorsque j'ai relevé la tête, elle était là.

– Tes dents ? elle m'a demandé en s'assoyant sur le bord de mon lit.

– Ouiii ! j'ai gémi.

J'ai posé ma tête sur ses genoux et j'ai pleuré.

J'ai offert un peu de résistance au début. Puis je lui ai tout raconté : l'histoire de l'impro, les fausses accusations et le courriel que j'ai reçu cet après-midi.

Il paraît que c'est grave.

– C'est du harcèlement, m'a dit Mom. C'est inacceptable. Montre-moi le message.

– Je l'ai effacé.

– Tu n'aurais pas dû. C'est une preuve.

– Ça me faisait trop mal.

– Je comprends. Mais le prochain, s'il y en a d'autres, tu le gardes, d'accord ?

– D'accord. Qu'est-ce que tu vas faire ?

Mom n'était visiblement pas ravie de cette situation. Son ton était un peu plus aigu qu'à l'habitude et elle parlait plus lentement.

– Je vais discuter avec le directeur. Après, on verra. Mais on ne peut pas laisser faire ça. C'est inacceptable.

Ça me fait du bien de savoir que je ne suis plus seule. Je me sens plus forte. Et moins ridicule. Je ne suis pas parfaite, je le sais (mais presque ! 😃) Il se peut que j'aie brusqué des gens sans le savoir. Mais je ne suis pas méchante.

Même si c'est parfois assez difficile, je ne parle jamais dans le dos de quelqu'un. C'est sûr, il y a toujours des potins juteux qu'on peut raconter, mais à quoi bon ? S'ils sont vrais, ça ne peut que provoquer des chicanes. Et si je trouve que telle personne est une véritable Réglisse noire ou qu'une autre devrait se friser le poil en dessous des bras, pourquoi je le dirais aux autres ? Qu'est-ce que ça me donnerait ?

Cette personne qui m'a accusée injustement et qui m'a envoyé un courriel, si elle était venue me parler au début, quand j'ai commencé à lui taper sur les nerfs, jamais ça ne serait arrivé. J'ai sans doute fait quelque chose qui lui a déplu, d'accord, mais est-ce une raison pour m'attaquer aussi sournoisement ?

Faut pas que je me laisse abattre ! Sinon, elle aura atteint son but. Il ne faut pas.

Elle n'a pas le droit de me blesser, je ne lui ai pas donné l'autorisation.

Je viens d'avoir une idée… Faut juste que je m'assure qu'elle est bonne.

(…)

Mon frère a remis le formulaire officiel à ma mère pour son prochain « exploit ». Mom a jeté un œil et un quart de fraction de seconde plus tard, elle a dit qu'il n'en était pas question. Fred a protesté, parce que quand Mom dit « non », eh bien… ce n'est pas nécessairement « non », surtout avec mon très cher frère qui sait la manipuler.

Mais son projet est tellement ridicule que le « non » était cette fois catégorique.

Je dis « son » projet, mais c'est plutôt « leur » projet à Fred et à Tintin. Toujours obsédés par leur idée de devenir riches et célèbres. Tintin est le cerveau (tousse, tousse !) et Fred lui prête son corps.

Et quel était l'exploit en question ? Réaliser le cent dix mètres haies en se déplaçant avec des béquilles seulement. 😐

Et quand c'est écrit « avec des béquilles seulement », c'est « avec des béquilles seulement ». Sans utiliser les jambes.

(Est-ce humainement possible ? Hum… J'imagine que Tintin et Fred ont effectué les recherches nécessaires avant de se lancer dans cette excitante aventure.)

Mom et son formulaire, c'était une blague. Tintin et Fred ne l'ont clairement pas comprise. Ils l'ont rempli d'une manière professionnelle.

Je retranscris ce qu'ils ont écrit.

« Pourquoi la course de cent dix mètres haies en béquilles ? Parce que ça ne s'est jamais fait. Ce serait un exploit mondial aussi important que le premier voyage d'un avion au-dessus de l'Atlantique ou la découverte de l'uranium par Dracula (note de Namasté : Dracula, vraiment ?). Et pour marquer l'Histoire, quoi de mieux qu'un record mondial ? »

Des idées de grandeur, Fred et Tintin ? À peine !

Beaucoup de blabla, mais cet extrait m'a laissée un peu pantoise :

« Pour parvenir à nos fins, il nous faudra cependant un peu d'argent afin de nous procurer la Vaseline nécessaire à l'accomplissement de l'exploit. »

De la Vaseline ? C'est épeurant ! Mais ma foi du bon Dieu, pourquoi ?

Réponse quelques mots plus tard : « La Vaseline servira à lubrifier les aisselles de votre fils qui seront, dans l'exercice, fort sollicitées. Il faut éviter à tout prix un frottement excessif, ce qui produirait une plaie et nécessiterait l'amputation de l'une ou l'autre aisselle sinon les deux. »

Oh là là ! Un accident de dessous de bras, c'est grave !

Au moins, ça m'a changé les idées.

Je vais aller me doucher et il me reste encore un devoir de maths à finir. Demain, c'est la première journée du Club des Réglisses rouges !

Publié le 28 octobre à 16 h 52 par Nam
Humeur : Joyeuse

> Succès et jalousie

L'ouverture du Club des Réglisses rouges a été un succès monstre ! On a distribué plus de quatre mille réglisses rouges et cinq cents tracts publicitaires ! Yé !

Kim et moi, on était assez nerveuses ce matin. On avait peur de se retrouver seules comme des dindes avec cinq boîtes de réglisses rouges, courant après les élèves pour les forcer à les avaler. On s'est dit : au pire, on aura fait les efforts nécessaires. Et si ça ne marche pas, eh bien, on transformera le local en fabrique secrète de bébés pandas à vendre sur le marché noir des zoos. Tellement *cuuute,* un bébé panda ! Et si c'est trop difficile, eh bien, ce sera alors des bébés koalas. Tellement *cuuute,* un bébé koala !

Dix minutes avant le dîner, Kim et moi on était les plus déprimées du monde. On s'est rendues au local en traînant les pieds comme si on avait chacune un lutteur sumo sur le dos. C'est lourd un lutteur sumo !

On s'est trompées. Sur toute la ligne.

Killer le concierge avait installé une table devant le local. Tandis que les élèves passaient sans se soucier de nous (je crois que l'un d'eux nous a lancé une pièce de vingt-cinq cents tellement on faisait pitié), on a sorti les paquets de réglisses rouges des boîtes et on a disposé les tracts sur la table.

– Les réglisses, c'est pour qui ?

Kim et moi, on s'est regardées comme si on venait d'entendre la voix d'un fantôme.

Derrière la table, il y avait une élève. Qui semblait dans un état normal : elle ne saignait pas du nez, elle ne s'arrachait pas les cheveux pour les manger et avait toutes ses dents dans la bouche.

Je me suis activée.

– C'est pour toi. C'est un nouveau local d'entraide. Ça s'appelle le Club des Réglisses rouges.

Je lui ai tendu un tract. Puis Kim lui a donné une réglisse rouge.

La fille l'a lu et a mordu dans la réglisse.

– Génial, elle a dit. Merci !

Et elle est partie.

Kim et moi, on n'en revenait pas. Une inconnue venait de nous dire que notre projet était « génial » ! On a brassé des bouteilles de champagne, on les a ouvertes et on a commencé à s'asperger avec, comme si on venait de remporter une course de Formule 1. (Tout cela dans nos têtes, il va sans dire.)

Puis une deuxième personne s'est arrêtée. Et une autre. Et à un moment donné, pareil à des animaux affamés, ils voulaient tous des réglisses rouges.

Et des animaux affamés, ça ne se met pas en ligne. Ça fonce. À un moment donné, il m'a semblé que mille mains se tendaient devant moi désespérément pour obtenir un bonbon long et rouge et mou. Kim et moi, on n'arrivait tout simplement plus à fournir ! 😲

Puis a surgi mon beau Mathieu, notre sauveur ! Il a remis un peu d'ordre en tirant des balles avec sa mitraillette au plafond (d'accord, en demandant de faire une ligne). On a mieux travaillé : je sortais les paquets de réglisses rouges des boîtes, Mathieu les coupait et Kim les distribuait. Puis il y a eu Nath, qui va de mieux en mieux (youpi !), qui s'est jointe à nous.

Et ce qui est vraiment cool, c'est qu'à peu près tout le monde a pris un tract sans y être obligé. D'accord, on en a retrouvé ensuite quelques-uns sur le plancher (ça fait un peu mal), mais au moins, on a accompli la mission qu'on s'était donnée, celle de faire connaître le club ! À présent, personne (ou à peu près) dans l'école n'ignore l'existence du local d'entraide. 🙂

Au bout de 45 minutes qui en ont paru une, la totalité du stock de réglisses rouges était épuisée. Et il y avait encore des élèves qui en redemandaient. Certains sont évidemment revenus plusieurs fois, ce qui me fait penser que le taux de personnes souffrant de maux de cœur dans l'école était très élevé cet après-midi. On devient vite accro à la réglisse rouge. On en mange une, puis une autre et une dernière qui était en fait une avant-dernière, et on a un petit peu la nausée, et on se dit qu'on peut en prendre une autre, en souvenir du bon temps.

C'est fou comme les gens deviennent avides quand quelque chose est gratuit. Parce que ça ne coûte rien, ils perdent toute notion de modération. Comme s'ils avaient peur de manquer de quelque chose, ce quelque chose qui n'existait pourtant pas dans leur vie auparavant.

Au moins notre but a été atteint. Faudra voir lundi s'il y aura des visiteurs au Club des Réglisses rouges.

Kim et moi avons passé un super après-midi, super après-midi légèrement terni par Michaël qui m'a fait une super crise de jalousie. Parce qu'il a vu Mathieu nous aider. Après l'école, sur le chemin qui mène à l'arrêt d'autobus, il ne voulait pas me tenir la main.

– Pourquoi ?

– Parce que.

Nooon ! 😠 Je déteste cette réponse qui n'en est pas une !

– Pourquoi ? j'ai répété. J'ai fait quelque chose ?

Aussi sec qu'un désert, il m'a répondu :

– D'après toi ?

– Si je te pose la question, c'est que je ne sais pas !

Silence. Je n'ai rien ajouté parce que... je n'avais rien à ajouter ! Puis il m'a lancé :

– Fallait vraiment que tu demandes à Mathieu de t'aider ?

Ahhh ! Voilà ! La chat sortait du sac !

– Je n'ai rien demandé à Mathieu. Il était là, il a vu qu'on ne fournissait pas, il est venu à la rescousse.

– Pourquoi tu ne m'as pas demandé ?

– Je te l'ai dit. Kim et moi, on ne savait vraiment pas que ça allait marcher autant. On pensait qu'à deux, on allait suffire à la tâche.

– Me semble !

Ho là ! Pourquoi je lui mentirais ?

– Tu penses que j'ai demandé à Mathieu avant le dîner ?

– Non.

– Mais alors, tu penses quoi ?

– Je ne sais pas.

« Je ne sais pas! » Alors qui peut le savoir ?

– Je t'ai déjà dit d'arrêter d'être jaloux...

– Je ne suis pas jaloux.

– Alors c'est quoi, si ce n'est pas de la jalousie ?

– Si tu m'aimes, tu vas comprendre.

Là, je suis restée bouche bée. Et je n'aime pas ça parce que c'est comme si je lui avais donné raison.

J'ai habituellement toujours quelque chose à répondre. Mais là, pas capable de dire un mot. Et c'est juste une heure plus tard que j'ai trouvé la réplique qui tue. Une heure ! Wow, la fille ! Rapide comme l'éclair ! 🙄

Donc, il me dit : « Si tu m'aimes, tu vas comprendre. »

Ma réplique super méga géniale (mais en retard) : « Si tu m'aimes, tu vas me laisser libre. »

Oh oui, mes réflexes sont hallucinants.

Ça fait trois cent cinquante-neuf fois que Mom m'appelle pour aller souper, ça fait trois cent cinquante-huit fois que le lui crie : « Ouaaaaiiiis ! »

Euh...
Non.

Namxox

> J'aime mes amies

J'ai passé une super soirée avec Kim et Nath. On a loué un film d'horreur vraiment poche et on a rejoué des scènes. Ça a donné que j'ai essayé de poignarder Kim avec une banane, Nath a lancé du popcorn sur Kim qui a fait comme si c'était des grenades et Kim m'a lancé du jus d'orange dans le visage et j'ai feint que c'était des moustaches de Gaston-le-chauffeur-d'autobus (j'imagine que ça fait mal, recevoir des moustaches de Gaston dans le visage ! 🙁).

On s'est défoulées au point où le père de Kim s'est inquiété. Il nous a espionnées par la fenêtre du sous-sol. Quand je dis « espionner », c'est à peine ironique. On l'a su parce qu'on l'a vu. Quand il s'est aperçu qu'on avait découvert sa ruse, il a fait comme s'il regardait sa pelouse pousser. En plein mois d'octobre. Quand il fait nuit. Et qu'il y a une tornade et des vaches qui volent. (D'accord, y'avait pas de tornade, mais j'ai vu voler une vache, enfin je pense l'avoir vue ! Hum… Méchante surprise pour la personne en dessous qui reçoit un de ses cadeaux !)

Kim a haussé les épaules et a regardé son père avec l'air de dire : « Qu'est-ce-que-tu-fais-là-tu-me-fais-honte-devant-mes-amies-va-flatter-ton-gazon-ailleurs-espèce-de-père-espiègle ».

Kim nous a raconté que depuis l'histoire de la semaine dernière avec les pompiers, les millions de pizzas, le clown féroce et le danseur nu, il est devenu suspicieux. Il pense que c'est la faute de ses amies (dont Nath et moi) si elle vit des histoires impossibles. Il pense qu'on a peut-être une « mauvaise influence » sur elle, ce qui est parfaitement... vrai ! 😊

Quelques minutes plus tard, quand je suis sortie de la salle de bains, j'ai vu le père de Kim à une autre fenêtre. Il était couché sur la pelouse, sur le ventre, l'oreille collée à la fenêtre.

Sans bouger mes lèvres, comme une mauvaise ventriloque, j'ai dit à Kim :

– Ne regarde pas, mais ton père nous écoute. En fait, j'espère que c'est lui et pas un inconnu !

À ce moment-là, il y a eu un grand fracas. On a tellement sursauté ! La vitre venait de se détacher et de voler en éclats. Le père de Kim a suivi et la moitié de son corps est restée coincée dans le cadre de la fenêtre. Sa tête, ses bras et son torse pendaient dans le vide tandis que le reste de son corps était retenu à l'extérieur. Comme il est grassouillet, son ventre l'avait empêché de s'effondrer dans le sous-sol.

Kim, Nath et moi, on n'a pas pu s'empêcher de rire. Il avait l'air d'une baleine tentant de passer par un hublot.

Mais voyant dans quelle situation embarrassante il se trouvait, on est intervenues.

Au départ, on a essayé de le tirer vers l'intérieur. Kim a pris un bras et moi l'autre tandis que Nath versait de l'eau sur son corps pour qu'il ne se déshydrate pas.

Mauvaise idée : on a juste réussi à le coincer davantage.

J'ai lancé l'idée d'aller chercher de l'aide, parce que la mère de Kim était absente. Genre Pop. Mais le père de Kim a protesté, disant qu'il pouvait s'en sortir tout seul.

Je le comprends de ne pas vouloir se montrer ainsi. Mais on n'avait tout simplement pas la force de le sortir de là. Même en lui donnant des coups de pelle sur la tête, il n'aurait pas bougé d'un centimètre.

De l'extérieur, en attachant ses jambes à une remorqueuse (ou, un peu plus intense, à un avion à réaction), on aurait probablement pu arriver à des résultats, mais les chances que ses jambes soient arrachées par la manœuvre étaient grandes.

Finalement, la mère de Kim est arrivée. Après lui avoir donné une bonne dose d'oxygène pour l'empêcher de mourir de rire, en tirant de toutes nos forces, on est arrivées, à nous quatre, à le sortir de là. Il nous a remerciées et, à peine humilié, il est rentré chez lui la tête haute.

La mère de Kim nous a expliqué comment cela s'était produit. Elle avait lavé les fenêtres dans la journée et n'avait pas réussi à remettre celle-là sur ses rails. Elle avait oublié d'en parler à son mari.

On est retournées au sous-sol et on a passé le reste de la soirée à parler. Kim et Nath semblent passionnées par ma « vie de couple ». Je n'ai pas osé leur dire que la jalousie s'est immiscée dans notre belle histoire d'amour, que je ne suis pas vraiment bien avec Michaël et que c'est Mathieu que j'aime. J'avais peur de les décevoir, peur qu'elles me jugent, peur d'avoir l'air de me plaindre le ventre plein.

Nath aussi a parlé. Elle a dit qu'elle va beaucoup mieux depuis quelques jours. Elle nous a remerciées toutes les deux de l'avoir aidée, elle va se rappeler « pour toujours » de nous. Je l'ai trouvée super gentille de nous le dire.

On a aussi cogité sur mon déguisement d'Halloween. Je n'ai AUCUNE idée et ça me désespère. On a *brainstormé* (mot français, remue-méninge, on a donc remue-méningé) et franchement, rien de très malade mental n'en est sorti. Je veux quelque chose d'original et de surprenant. Voici ce que ça a donné.

Je pourrais me déguiser en :

✔ pot de médicament ;

✔ iguane ;

✔ piège à rat (avec un super gros rat mort dedans, si possible vrai) ;

✔ bloc de tofu ;

et la pire suggestion entre toutes, suggestion que Kim et Nath trouvaient très malade mentale :

👎 une pointe de pizza dans laquelle mon visage serait encastré, plus précisément dans une rondelle de pepperoni, visage recouvert d'une graisse quelconque pour illustrer que la pizza n'est pas très santé.

– C'est quoi le problème ? a dit Kim. C'est « original et surprenant » et en plus, c'est éducatif. Les profs vont ADORER.

– Bien sûr qu'un pepperoni géant huileux qui parle est « original et surprenant », mais c'est aussi assez repoussant. Moi, en tout cas, ça me rendrait mal à l'aise qu'une fille que je côtoie tous les jours se déguise comme ça. Ce serait comme d'avouer qu'elle est potentiellement dangereuse, en tout cas pleine de gras trans.

– Ah ! T'es trop difficile.

– Je ne suis pas difficile, je m'aime et je ne veux pas être renvoyée de l'école pour cause de mauvais goût extrême !

Nath n'a pas non plus l'intention de se déguiser. Elle a dit que de toute façon, elle n'allait pas être à l'école ce jour-là parce qu'elle a un rendez-vous ou quelque chose du genre, elle n'a pas voulu en dire plus.

Sans blague, faut vraiment que je me trouve une idée. C'est lundi. Dans deux jours !

Oh... Un instant. Je viens d'en avoir une !

T'es capable !

Nam xox

Publié le **29** octobre à 10 h **27** par Nam
Humeur : Emballée

> Eurêka !

La nuit m'a porté conseil, je suis sûre d'avoir trouvé l'idée du siècle pour mon costume d'Halloween (d'accord, seulement l'idée de la semaine !).

Je vais me faire une robe avec… des réglisses rouges ! 😀 Genre, complètement recouverte ! Ce qu'il me faut : une robe et des réglisses rouges (ce que j'ai à la tonne). Il me reste quatre boîtes. C'est trop indécent d'envisager de les manger. Alors je vais les utiliser comme déguisement.

J'ai déniché une veille robe dans ma garde-robe. Il suffit de les coller dessus. Ou de les coudre, je ne sais pas encore.

(…)

Je clavarde avec Kim et elle dit que c'est une bonne idée, mais pas meilleure que celle du pepperoni géant à la face grasse. *Nawak* ! C'est mille fois mieux !

Elle a des trucs à faire et après, elle va venir m'aider à coller ma robe. Yé ! Elle va appeler Nath aussi, on ne sera pas trop de trois !

(…)

Je viens de discuter avec Mathieu. Ça m'était complètement sorti de la tête, mais il y avait un match d'impro hier. Résultat : on s'est fait laver neuf à deux. Ouche !

Mathieu m'a dit qu'au début du match, les joueurs de l'autre équipe ont fait des références plus ou moins subtiles à cette supposée histoire de tricherie *pendant* les improvisations. Au point où Marguerite est allée voir l'entraîneur de l'autre équipe pour lui en parler.

(Ça ne doit pas m'atteindre, je n'ai rien à me reprocher, je dois rester au-dessus de ces méchancetés, je dois me répéter cela continuellement.)

L'équipe n'a pas trop le moral. Mais bonne nouvelle quand même, tout le monde pense que je n'ai pas triché. Et ça, c'est rassurant. C'est ça une équipe ; quand ça va mal, on se tient et on s'encourage. C'est dans ces moments qu'on a la preuve qu'on est unis.

N'empêche, ça commence à être dérangeant si toutes les autres équipes sont au courant de ce faux scandale.

Que va-t-il se passer quand je vais les rencontrer ? Il me semble que dans chacun des regards que je vais croiser, je vais sentir qu'on me juge pour quelque chose que je n'ai pas fait !

Lundi, faut que ça soit réglé. Il le faut. Assez, c'est assez !

(…)

Mathieu m'a demandé ce que je faisais de bon dans la journée, je lui ai parlé de mon projet de robe en réglisses rouges. Il veut venir nous aider. J'ai dit oui, mais là, je me sens mal. Si j'en discute avec Michaël et que lui aussi veut m'aider ? Je lui dis quoi ? Il va être vraiment fâché s'il apprend que je lui ai préféré Mathieu ! 😮

Je déteste ça !

Justement, Michaël est en ligne.

(…)

Bon, un problème de moins, Michaël n'est pas disponible aujourd'hui, il a un truc avec ses parents.

Un problème de plus : sa mère m'a fait un cadeau ! Oui, « fait ». De ses propres mains. Hum… Laissez-moi deviner… SÛREMENT un truc avec des dauphins. Mais quoi ?

Sa mère m'aime vraiment. Dire qu'au départ, j'étais sûre de me retrouver en haut de sa liste des « Cinq êtres qu'elle déteste le plus au monde ». Non, bien au contraire, elle est devenue une espèce de *cheerleader* qui, si elle le pouvait, me crierait « Donne-moi un N ! Donne-moi un A ! Donne-moi un M ! NAM ! ». Michaël me dit qu'elle lui demande tous les jours comment je vais et quand je vais retourner souper chez eux.

Hier, elle a même glissé un message dans le lunch de son fils. Un *post-it* plié en deux avec mon nom dessus. Dedans, elle avait écrit : « T'es capable. » Hein ! Capable de quoi ? Pourquoi elle n'a pas donné de détails ? Je suis perdue ! Capable de… toucher mon nombril avec ma langue ? (Je viens d'essayer, peut-être qu'en m'entraînant, je vais réussir un jour.) Mémoriser à l'envers toutes les adresses courriels des gens de ma classe ? Lire dans la tête du prof de maths pour savoir ce qu'elle pense des poneys sauvages ?

À l'aide ! 😳 J'aime quand c'est CLAIR.

Mais bon. Elle est gentille. Juste un peu envahissante. Tiens, comme son fils d'ailleurs.

Je me disais que j'allais peut-être casser avec Michaël hier, mais je n'avais pas trop la tête à ça. Comment je lui dis sans le blesser ? Parce que ça va lui faire mal, c'est sûr. Il est tellement fier d'être avec moi. Euh, nuance : il est fier d'avoir un accessoire cool qu'il peut trimballer pour impressionner ses amis. C'est vrai, des fois j'ai l'impression qu'il m'embrasse devant ses camarades de classe juste pour leur montrer qu'il a une blonde. Est-ce qu'on a vraiment besoin de faire ça devant *sa* classe ? Ça m'intimide. Quand je lui ai dit, il m'a répondu que j'étais « bizarre des fois ».

On a clairement un problème de communication.

Et il y a aussi la manière dont il m'embrasse. Je pense qu'il a la langue trop courte. Quand il m'embrasse, j'ai l'impression d'avoir un petit poisson qui est sur le point d'asphyxier dans ma bouche. Sa langue gigote comme si elle essayait par tous les moyens de respirer. Ou comme si elle était électrocutée. Comme si sa langue était un morveux de huit ans hyperactif.

Ouais, c'est ça. Sa langue souffre d'hyperactivité !

Ah oui, et il met ses mains sur mes épaules quand on s'embrasse. Comme s'il avait peur que je me sauve ! Ah ! Ah !

Il a peut-être raison, finalement.

Ça revient toujours au même : je ne l'aime pas. Et avec lui, je ne sens pas que je forme un couple. En plus, il met le nez dans mes affaires. Quand je suis allée aux toilettes hier, il a surveillé mon casier. En revenant, il feuilletait mon agenda. Pourquoi ? J'ai le même que le sien. Peut-être qu'il voulait s'assurer que je faisais mes devoirs ? Il m'a juste répondu que ça l'intéressait.

Je vais casser, c'est sûr. Faut juste que je trouve la manière. Peut-être que je devrais engager le clown Salopette ? Genre, il lui chanterait une chanson ou lui ferait un ballon en lettres qui formerait « Je casse parce que tu m'éneeerrrves, parce que je ne suis pas à l'aise avec toi, et parce que ta mère m'écrit que je suis capable mais qu'elle ne me dit pas de quoi. ».

Il m'a aussi demandé la combinaison de mon cadenas. Pourquoi ? En blague, je lui ai dit qu'il allait devoir me torturer pour l'avoir. Mais il le fait, il me torture en me le demandant tous les jours !

Je vais arrêter de me plaindre et je vais dresser un plan de rupture. Faut que ça cesse. Michaël est gentil, c'est une « bonne personne », mais il ne me suffit pas.

Je dois parler de mon frère, il y a eu des rebondissements terrifiants (!) dans sa vie, mais Kim vient d'arriver. C'est l'heure de la robe aux réglisses rouges !

Désolée
bébé hippo

Namxox

> **Mission impossible**

L'idée est peut-être bonne, le résultat sera peut-être génial, mais concevoir une robe en réglisses rouges, c'est l'enfer !

Kim, Mathieu et moi (Nath n'est pas venue finalement parce qu'elle ne se sentait pas bien), on a exploré toutes les manières de faire tenir les réglisses sur la robe. On a TELLEMENT échoué. Au point où je me dis que je vais devoir trouver autre chose pour lundi.

Schnooouuuute !

En premier, on s'est dit qu'on allait coudre les réglisses. C'est genre vraiment trop long. Cinq minutes par réglisse ! Et on a calculé, pour un résultat super génial, qu'on devait en poser à peu près cinq cents. Donc 500 X 5 minutes = 2 500 minutes (donc 41,666666 heures !!!). C'est sans compter que lorsque j'aurais fini, ça me prendrait une autre heure pour passer le fil dans le mautadit trou de l'aiguille (ça s'appelle un « chas », c'est mignon comme ça, mais c'est une invention du diable !).

Trop long, on a donc essayé de trouver autre chose. La colle ! Ouais... On n'en avait pas, mon super cerveau plein de ressources a déniché un souvenir : je me suis rappelée d'un bricolage à la maternelle, on avait fait de la colle avec

139

de la farine et de l'eau. Je m'en rappelle parce que j'avais beaucoup pleuré en voyant un garçon manger mon bricolage; je lui avais flanqué un coup de poing dans le ventre (violence !) et toute la colle lui était sortie par le nez. Vraiment aucune idée comment c'est physiquement possible, mais j'ai été traumatisée. La preuve, c'est que j'en parle encore aujourd'hui, neuf ans plus tard.

J'ai voulu réessayer avec Fredouille, mon frèrouille de sixième année, histoire de voir si mon hypothèse scientifique se tenait (en frappant dans le ventre, le jus de colle allait violemment lui sortir par les narines), mais je n'ai jamais pu lui faire avaler l'eau et la colle. Faut dire que j'avais ajouté des trucs dedans, comme des raisins secs, du riz et une affaire suspecte que j'avais trouvée dans le fond de l'armoire qui ressemblait un peu à des croustilles (en réalité des champignons pourris, JE NE POUVAIS PAS SAVOIR, bon !)

Pour rendre le tout vraiment beau, j'avais ajouté du colorant artificiel, bleu, jaune, vert, rouge. Mais un peu trop, donc c'était devenu brun à la fin.

Incroyable mais vrai, Fred n'a JAMAIS voulu manger cette bouillie. Ce qui ne m'a pas empêché de lui flanquer un coup de poing dans le ventre sans raison particulière (violence !). Ah ! Ah ! Et ce qui était bien à l'époque, c'est que je pouvais le battre et que lui n'avait pas le droit de répliquer, parce que j'étais une fille, ce que je suis toujours, mais sans ce privilège. C'était le bon temps !

Ça s'est gâté après quand j'ai donné cette potion magique à Youki mon p'tit chien d'ammmmoooouuurrr qui a tout mangé. Une heure plus tard, il s'est mis à l'expulser violemment, mais sans coup de poing et pas par les narines ou la gueule. Il a fallu l'amener chez le vétérinaire où on l'a gardé deux jours. ☹

Pour revenir à aujourd'hui, Kim et moi, on était contentes d'avoir trouvé cette colle naturelle. Rien de plus simple : eau et farine. On faisait un geste pour la nature. Peut-être qu'en utilisant cette mixture sans produit chimique, quelque part dans le monde on allait sauver la vie d'un bébé hippopotame ?

Bref, la farine et l'eau : pire colle de tous les temps de toutes les galaxies des univers du firmament. IDÉE NULLE ! Ça ne colle rien et ça laisse sur les doigts (et tout ce qui se trouve à cent mètres à la ronde) une pellicule glissante et blanchâtre.

Après, Kim et Mathieu m'ont dit que c'était ÉVIDENT que ça n'allait pas fonctionner. OK, pourquoi ne pas me l'avoir dit avant ? Dans le fond, parce qu'on était trois à essayer, mes amis sont responsables à 66,66 % de cet échec, non ?

Dans ce cas, je n'ai rien à me reprocher.

Après, Mathieu a pensé tout haut que la réglisse, c'était fait à base de sucre et que le sucre colle. Donc en la faisant fondre un tout petit peu, peut-être qu'on parviendrait à la coller.

On a essayé.

Échec numéro deux. Ma vie est une suite de fiascos !

Avec un briquet, on a brûlé le bout d'une réglisse et on l'a collé sur la robe. Ça durcit et oui, ça colle. Pas énormément, mais mieux que cette satanée recette ridicule d'eau et de farine.

Problème : ça pue. Énormément. Une odeur impossible à décrire, mais qui a brûlé les poils de mes narines. On a ouvert la fenêtre de ma chambre, mais ça a poussé l'air dans la maison. Alors Fred, Tintin, Pop, Mom et Grand-Papi se sont tous demandé si j'avais fait pousser un dépotoir sous mon lit.

Voilà.

Je suis au désespoir. Et je mange des réglisses rouges. Et parce que je m'en vais souper et que je ne vais rien manger, Mom va encore me faire remarquer que des réglisses rouges, ce n'est pas « nutritif ». Pfff !

> ## > Des nouvelles de ma fée marraine

J'avais envoyé un courriel à la gentille personne qui m'avait traitée courageusement de tous les noms dans un message plus tôt cette semaine. Elle m'a réécrit !

Mais tout d'abord, voici le message que je lui ai envoyé :

« Salut, je ne sais pas qui tu es, mais je ne crois pas que tu choisisses la bonne technique (anonymat + gentillesse excessive) si tu veux régler les problèmes que tu as avec moi. Peut-être que si tu me dis ce que je t'ai fait, on pourrait en discuter et trouver un terrain d'entente. »

Sa réponse : « Va **** ».

Wow. Je crois qu'il y a un problème de communication entre nous deux. 🙁

La bonne nouvelle : j'ai récupéré le message qu'elle m'avait envoyé parce qu'il était joint à ma réponse. La mauvaise nouvelle : je ne l'ai pas relu au complet parce que c'est *full* blessant.

Je vais le garder dans ma boîte courriel, des fois que j'en aurais besoin. Je vais juste l'imprimer au cas où ce serait vraiment important. Parce que c'est vraiment laid. Ça me fait mal de penser que quelqu'un me déteste autant.

Qui sait ? Peut-être qu'elle va arrêter ? Les messages lui ont-ils fait évacuer la haine qu'elle a pour moi ?

J'espère.

(…)

Mon frère, maintenant. Et Tintin.

Ils avaient téléversé une vidéo humiliante de lui qui se casse la jambe. Mais bon, j'ai réalisé que c'était plutôt moi qui avais honte de lui.

Mom lui avait demandé de retirer cette horreur du Web *subito presto* (ouais, je parle italien), ce qu'il a fait. Et après, je l'ai vu s'entraîner dans la cour en vue de marcher avec des béquilles sans l'aide de ses jambes et avec beaucoup de gras sous les bras pour éviter « les plaies de frottement ». Comme il n'a pas trouvé de Vaseline dans la maison, mon frère a pris le pot de gras de bacon dans le frigo qui y était déjà avant ma naissance et il s'en est mis sous les bras. Quarante chats errants alignés sur la clôture attendent qu'il tombe pour sauter sur lui et le dévorer. Ah ! Ah !

Et comme si ce n'était pas prévisible, c'est impossible de marcher avec des béquilles sans mettre un pied à terre. Mon frère n'a même pas été capable d'avancer d'un centimètre. Et il veut courir le cent dix mètres haies !

La vidéo, donc. Fred l'avait retirée du Net, mais elle est réapparue par magie sur quelques sites Internet, dont un qui s'appelle vidéosstupides.net. Et aussi incroyable que cela puisse paraître, plus de vingt-cinq mille personnes l'ont vue ! Vingt-cinq mille, c'est énorme ! Et Fred et Tintin se sentent les rois du monde. Genre, plus rien n'est à leur épreuve soi-disant parce qu'ils ont réussi « là où plusieurs ont échoué ». Mon frère se fait maintenant insulter en français, en anglais, en allemand, en espagnol et en mandarin. C'est une humiliation internationale !

Misère... C'est un ami de mon frère à l'école qui l'a appelé pour l'informer qu'il est en deuxième position d'un palmarès quelconque, entre un gars qui boit l'eau horriblement sale du bocal de son poisson et un autre qui tente, à vélo, de sauter par-dessus une cinquantaine de marches dans les airs. Il rate son coup, sa roue avant se détache et il s'écrase sur le sol.

Mom n'est pas au courant encore. Fred et Tintin la préviendront quand ils auront ramassé leur premier million. Oui, leur premier million de dollars. Je me demande comment ils vont s'y prendre. En envoyant une facture à tous ceux qui ont regardé la vidéo ? Vont-ils réclamer des droits d'auteur au proprio du site Internet ? Fred va-t-il faire payer tous les gens qui veulent son autographe ?

Ils vivent *tellement* dans leur monde. Moi, en tout cas, je ne veux participer ni de près ni de loin à leur « ascension fulgurante ». Tintin a parlé d'une « douce revanche sur les esprits conservateurs », tandis que Fred a poursuivi avec un « ouais ». Il ne sait probablement pas ce que Tintin a voulu dire (moi non plus d'ailleurs).

Il y a aussi le costume « communautaire » qu'ils préparent. Mom m'a dit que « secrètement », ils sont allés acheter du tissu. Et j'ai vu dans l'historique du navigateur que Fred a cherché « vraie tête de cheval ». Pourquoi ?! Pooouuurrrquoi ? 😵

(…)

Je viens de parler avec Mathieu.

Il est tellement gentil. Il pense avoir trouvé la solution à mon problème de réglisse qui ne colle pas sur ma robe.

Il a chez lui un fusil à colle. Il est allé au dépanneur acheter quelques réglisses qu'il est parvenu à coller sur un morceau de chandail. Ça ne tient pas parfaitement, mais c'est mieux que toutes nos autres pitoyables tentatives.

On a aussi parlé de nous deux.

Il m'a demandé comment ça allait avec Michaël. Je lui ai dit « correct » et on a changé de sujet. J'aurais voulu lui dire que je pensais continuellement à lui, que je n'étais pas bien et que je cherchais un plan de rupture mais que je crains ce que les autres vont penser de moi.

On a discuté de ce qui se passait avec l'impro et je lui ai parlé du courriel que j'avais reçu. Lui aussi se demande qui l'a écrit.

– Mais si j'apprends qui c'est, je te jure que je vais faire comprendre à la personne qu'on ne traite pas une déesse comme ça.

Ahhh ! Déesse ! Trop *cute* ! 🐼

Tantôt, dans ma chambre, on essayait de coller des réglisses sur la robe et, sans avertissement, il a posé ses mains juste un peu plus haut que mes hanches. Ouf ! J'ai eu l'impression que j'allais fondre. La chaleur de ses mains a traversé mon chandail et s'est posée sur ma peau, puis elle s'est répandue dans tout mon corps. Je n'arrive pas à imaginer ce qui va se passer quand on va s'embrasser la première fois ! En fait oui, j'imagine très bien…

Je me sens quand même un peu mal. Parce que ce n'est pas trop correct envers Michaël. C'est comme si je le trompais, non ? Oh là là ! Je suis une femme infidèle ! À quatorze ans !

Je dois casser. Ce soir.

Non, pas ce soir. Il n'est pas là.

Demain. Demain, je dois terminer ma robe.

Lundi ? Lundi, c'est la fête à l'école.

Mardi ? Mardi, je vais me moucher.

Et mercredi je vais cligner des yeux.

NAWAK ! Je me trouve toujours un prétexte. Je manque de courage. Je déteste cette situation.

Et si je le faisais par courriel ? Un message simple, clair et net.

Naaan. C'est poche. Et c'est trop froid. Et comme je le connais, il va penser que c'est une blague ou quelque chose du genre. Chaque fois que je dis quelque chose de sérieux, il ne me croit pas ou me dit que je suis « bizarre ».

Peut-être que je pourrais demander à quelqu'un de faire ce sale travail ? Tintin ? Lui ne serait pas gêné. Et Michaël se rendrait compte que l'heure est grave. Surtout si Tintin lui suggère de faire une thérapie à base de dentifrice à la menthe pour l'aider à passer au travers de sa peine. Là, ça risque de déraper.

Non, je dois le faire moi-même. Comme une grande fille.

Mais comment je lui annonce ça ?

〰 « Michaël, c'est terminé entre toi et moi » ?

〰 « Michaël, je n'en peux plus du poisson qui gigote quand tu m'embrasses » ?

〰 « Michaël, je suis un être humain et je veux vivre ma vie » ?

〰 « Michaël, t'es jaloux comme un pou et, euh, tu te mets trop de gel dans les cheveux » ?

〰 « Michaël, j'aime Mathieu et pas toi mais je veux rester ton amie » ?

Non, ça c'est trop rude. Et le truc de l'amie, c'est insultant. Se faire dire qu'on est aimé, mais juste comme « ami », c'est l'équivalent de se faire dire à un travail qu'on est compétent tout en recevant une lettre de congédiement. Poche.

Je ne lui parlerai pas de Mathieu, c'est sûr. Parce qu'il va se dire qu'il avait raison d'être jaloux.

J'ai d'autres trucs à écrire, mais je suis fatiguée. Trop de choses dans ma tête.

Je vais aller faire mes devoirs de maths. (Ah, ah, *JOKE*.)

> C'est le Jour S

S pour… séparation. Ça y est, j'ai décidé que ce serait aujourd'hui que j'annoncerai à Michaël que c'est terminé. Je ne le ferai pas par courriel ou par téléphone, mais face à face. Comme ça, il ne pourra pas me reprocher d'avoir agi en peureuse.

Je ne me sens vraiment pas bien. J'ai l'impression que la situation sera, comment dire ? Désagréable.

Je vais attendre encore quelques minutes avant de l'appeler ou de *tchatter* avec lui.

(…)

J'ai été réveillée ce matin, à huit heures (huit heures, un dimanche matin, c'est un scandale !) par Fred et Tintin qui gloussaient de joie. Le nombre de personnes qui ont vu la vidéo a pas mal augmenté. Il est passé de vingt-cinq mille à trois cent mille en une journée (!!!). Et Tintin d'ajouter :

– C'est une progression de 1 200 %. Ça signifie que si la tendance se maintient, d'ici vendredi soixante-quatorze milliards six cent quarante-neuf millions et six cent mille (74 649 600 000) personnes auront vu la vidéo. Tout le monde sur la planète va connaître Fred.

Pas juste sur la planète parce que j'ai appris que nous sommes seulement un peu plus de sept milliards de personnes. À moins que les fourmis apprennent à naviguer sur le Web avant vendredi prochain, Tintin ne pourra pas atteindre son objectif. Mais bon, je ne lui ai pas dit pour ne pas blesser le naïf en lui. 😊

Quand même, trois cent mille personnes, c'est fou !

Même s'ils n'ont pas de raison d'être joyeux, j'avoue que c'est un chiffre impressionnant.

(…)

Bon, je viens de *tchatter* avec Michaël. Je vais être chez lui à onze heures trente et on va régler cette histoire de couple. Si tout se passe comme je le souhaite, à onze heure trente-deux, je serai libre comme l'air et je pourrai sortir avec Mathieu.

Non, en fait, je vais attendre un peu. Pour ne pas qu'il pense que j'avais déjà décidé de sortir avec un autre que lui.

C'est tellement dur de gérer ses amours ! Vraiment ! Je ne fais que ça, dans le sens que ça occupe toutes mes pensées. Est-ce qu'il y a un cours « Administration de l'amour » à l'université ? Ou « Relations compliquées et maux de tête » ? Ou « Jalousie et liberté, ennemies jurées » ?

En fait, je crois qu'il faudrait un cours pour apprendre à comprendre chaque gars. Un cours ? Non ! Un programme complet ! 😊

(…)

WOW !

Mom vient d'entrer dans ma chambre pour me remettre une enveloppe. Ce qu'il y avait dedans ? Un fusil à colle ! Avec une vingtaine de bâtons. Ça veut dire que Mathieu est venu en plein milieu de la nuit !

Comment il a fait ? Il n'y a plus d'autobus à cette heure.

Il est vraiment chou ! Et en plus, ça marche ! Mais faut juste mettre un peu de colle, sinon, ça fait fondre la réglisse. Avec une goutte, c'est parfait !

J'ai à peu près 12 heures devant moi pour confectionner ma robe. Mais là, faut que je parte pour aller chez Michaël. Grand-Papi va venir me reconduire.

Schnoute ! Je déteste ce genre de situation. Je n'aime pas faire de la peine aux autres. 😖

J'y vais.

D'aplomb

Namxox

> C'est le Jour S deuxième partie

S pour… sapristi-que-ça-ne-s'est-pas-passé-comme-je-le-voulais. Mais genre, vraiment pas. Un échec sur toute la ligne.

Je sors donc encore avec Michaël.

Je savais exactement quoi lui dire : « Michaël, je veux prendre une pause. » Voilà. On se sépare et ça lui laisse un peu d'espoir qu'on revienne ensemble. Avec le temps, il s'habitue à l'idée et quelque chose comme une semaine ou deux après, on officialise la séparation qui s'est faite dans le respect et l'amitié.

Avant de partir, j'avais imaginé tous les scénarios dans ma tête. Qu'il reste de glace, qu'il commence à rire ou à se taper la tête sur un mur, j'étais prête.

Mais il y avait un aspect que je n'avais pas envisagé, une présence, celle de sa mère.

Dès que j'ai mis le pied dans la maison, elle s'est jetée sur moi comme un pigeon affamé sur un morceau de pain. Elle m'a dit que j'étais belle, m'a demandé si j'allais bien, si j'avais faim, si j'avais soif, si j'étais heureuse et à quel point elle était contente de me revoir.

INTENSE.

Puis elle m'a offert « son » présent (que j'avais complètement oublié). C'était dans une super grosse boîte. Super bien emballée avec un gros chou. J'avais peur que ce soit un cadeau qui coûte *full* cher, genre des rideaux cousus de fil d'or ou un scooter. Mais dans la grosse boîte emballée, il y avait une moyenne boîte emballée, et dedans une plus petite également emballée et, finalement, une minuscule boîte emballée. À l'intérieur, il y avait trois savons en forme de dauphin qui nous représentent tous les trois : moi, Michaël et... sa mère.

Beau trio. 😮

Et dans chacun des savons, m'a-t-elle dit, il y a une âme de dauphin. Elle les a achetés en Inde sur un site Internet bizarre. Je dois donc faire très attention et ne jamais me laver avec. Idéalement je dois dormir après en avoir glissé un dans ma taie d'oreiller. Mes rêves vont servir de plan d'eau aux dauphins qui pourront nager à leur guise. Et je devrai verser une goutte d'eau dessus si je constate que le savon est « malheureux ». Comment je vais faire ? Elle prétend que l'âme me le fera sentir.

Ouf.

Et ce n'était pas fini.

Oh que non.

Michaël m'a dit qu'il voulait me parler de quelque chose de « sérieux ». Il avait en effet un visage d'enterrement. Le temps que prend un éclair pour toucher le sol, je me suis dit qu'il allait me quitter. Que je n'aurais pas à faire ce sale travail, qu'il le ferait à ma place. Et pour l'occasion, j'allais jouer la comédie, être sous le choc et peut-être verser quelques larmes, et me moucher dans les draps de son lit pour montrer à quel point je suis dévastée et en colère contre lui.

Il m'a entraînée dans sa chambre et a refermé la porte. J'ai entendu sa mère ricaner de l'autre côté. Hum... Douteux.

Il a mis ses mains dans les miennes et, le regard planté dans le mien, il m'a dit :

– Je dois te faire un aveu.

Encore un rire saccadé de sa mère que j'ai très bien imaginé, l'oreille collée à la porte de la chambre de son fils, frottant avec vigueur la statuette d'un dauphin. Mais que se passait-il ? Mon cœur a commencé à faire du jogging dans ma poitrine.

Parce que je restais silencieuse, Michaël a demandé :

– T'es intéressée à savoir ce que j'ai à te dire ?

Nooon !

– Oui, j'ai réussi à dire.

Il a baissé les yeux.

– Une relation de couple est basée sur le respect...

Que le grand cric me croque ! Il savait pour Mathieu !

– Et je sais que tu es une fille intègre et que tu as pour moi un très grand respect...

Bon, il ne savait pas pour Mathieu, finalement.

– Je dois t'avouer que j'ai brisé cette entente qui existe entre nous.

Sa mère, encore : cette fois, c'était un ricanement qui frôlait la vulgarité. Comme si le dauphin qu'elle frottait venait de lui chuchoter à l'oreille qu'il avait le goût de lui mordre une fesse.

Michaël a relevé la tête et m'a regardée :

– Je t'ai menti.

Sa mère a alors explosé. Euh, pas dans le sens que des morceaux d'elle se sont retrouvés partout sur les murs, le plancher et le plafond, mais elle s'est mise à rire comme une hystérique. Est-ce que j'étais la seule à trouver la situation un tantinet *weird* ?

– Euh, j'ai dit. Est-ce que tu peux demander à ta mère de nous accorder un peu d'intimité ?

– Pourquoi ?

Argh ! Il faut TOUT lui expliquer ! J'ai chuchoté :

– Tu ne te rends pas compte que la situation est un peu bizarre ? Tu me parles dans ta chambre pour qu'on soit seuls. Mais on entend ta mère rire comme une hyène de l'autre côté de la porte.

Michaël a rétorqué :

– Je n'ai rien entendu, moi.

Puis sa mère a enchaîné avec un esclaffement qui ressemblait à celui d'un sifflet d'arbitre asthmatique.

Avec mon pouce, j'ai pointé la porte :

– Tu n'as rien entendu ?

Toujours sérieux comme la dame à la caisse de la cafétéria, il a dit :

– Non, rien.

– D'accord. Je suis pressée, je dois aller terminer mon costume avant…

Michaël m'a coupée :

– C'est à ce sujet que je t'ai menti. Hier, je t'ai dit qu'on ne pouvait pas se voir parce que j'étais occupé avec un truc familial.

– D'accord, et alors ?

– Eh bien, c'était faux. Voici ce que j'ai fait avec ma mère.

Il a ouvert la porte de sa garde-robe. Tout de suite, quelque chose m'a bondi dans le visage et a assailli mes narines : il a lui aussi fabriqué son propre costume pour demain. C'est un habit fait de réglisses. Mais noires ! 😲

– On va être le couple le plus *hot*, demain !

Des réglisses noires ! C'est un message ?

Sa mère est apparue en défonçant quasiment la porte.

– C'est sublime, n'est-ce pas ?

J'ai reculé de deux pas. L'odeur de la réglisse noire m'écœure au plus haut point, presque autant que celle du chocolat.

– Ouais, c'est, euh, beaucoup de travail.

Je dois reconnaître qu'ils ont fait un sacré boulot. Mais l'idée de côtoyer Michaël demain avec ce costume me révulse. Non seulement il m'a volé mon idée, mais en plus, ce sont des réglisses noires ! L'horreur !

Fallait tout de même que je garde mon sang-froid.

– Super, super.

– Je pourrais t'aider aujourd'hui pour finir le tien ?

Sa mère a approché son visage vraiment trop près du mien.

– Oui ! On pourrait t'aider !

J'ai reculé parce que j'ai commencé à me sentir mal.

– Non, ça va, merci. J'ai, euh, déjà prévu de terminer mon costume, euh, avec Kim et, euh, mon père.

Mon père ! Ah ! Ah ! *NAWAK* ! Il serait peut-être intéressé si, à la place des réglisses, il y avait des bâtons de dynamite.

Les deux me regardaient avec de grands yeux.

– D'accord, eh bien, je dois y aller. Mon grand-père m'attend à l'extérieur. Alors, euh, on se voit demain ?

Michaël a fait oui de la tête.

En sortant de la maison, je me suis retournée et j'ai demandé :

– Les réglisses, vous les avez collées avec quoi ?

– C'est une recette de maman. Un truc hyper facile, de l'eau et de la farine. Ça fait un super travail et en plus, c'est écologique.

Je me suis engouffrée dans l'auto de Grand-Papi et je n'ai pas dit un mot du trajet.

Mon costume, finalement, je ne le trouve plus si génial. J'ai perdu mon entrain. 🙁

(…)

Je viens de parler à Kim, elle s'en vient avec Nath. On va travailler sur le costume.

Allez ! Go ! Go ! Go !

Publié le 30 octobre à 18 h 22 par Nam
Humeur : Sucrée (ça se peut !)

> Encore beaucoup de réglisses rouges sur la planche

On n'a pas encore fini, mais on approche de la fin. Je prends une pause parce que je commence à être fatiguée. Kim en fera une après moi.

Nath est partie avant le souper. Elle a trop mangé de réglisses rouges (un paquet !) et elle a été malade. Elle s'est vraiment défoncée. Quand elle a dit qu'elle ne pouvait pas s'arrêter, on a cru qu'elle n'était pas sérieuse, mais elle a mangé jusqu'à temps qu'elle vomisse.

Une autre accro aux réglisses rouges !

Elle essaie pourtant de ne pas se remplir l'estomac au maximum. La psychologue qu'elle consulte lui a recommandé de manger plus souvent, mais des petites portions, au lieu de sauter trois repas d'affilée (je ne sais pas comment elle fait !) pour ensuite engloutir tout ce qui lui tombe sous la main.

Elle continue aussi à s'automutiler. Elle était supposée avoir arrêté, mais j'ai vu son avant-bras et, ouche ! ce n'est pas beau à voir ! ☹ Elle prétend avoir été griffée par son chat. Hum… Kim m'a dit qu'elle avait bel et bien un chat, mais dégriffé.

L'important, c'est qu'elle soit suivie par un professionnel de la santé, une personne qui la guide et lui propose des solutions. Ça ne se fera pas rapidement, mais je suis sûre qu'elle va guérir. Elle est tellement chouette, en plus. Elle m'a fait un super cadeau : une paire de boucle d'oreilles ! Genre, en diamants ! Un cadeau qu'elle a reçu de sa marraine, je crois. Elle m'a dit que c'était pour me remercier d'être là et de me soucier d'elle.

J'étais gênée, parce que ça vaut cher, ces bijoux ! Mais Nath a des infections quand elle les porte.

Kim aussi a reçu un cadeau, mais elle a refusé de me dire quoi parce que c'est trop personnel. Pas fine ! Je vais la travailler. À force de lui demander, elle va finir par lâcher le morceau !

Ma robe sera très mignonne, mais il y a une chose à laquelle on n'avait pas pensé : des réglisses, c'est LOURD. D'ailleurs, je ne comprends pas comment Michaël va faire pour aller à l'école avec son habit. Ça pèse une tonne ! Bof, j'imagine qu'il l'a essayé.

Donc, ce n'est pas toutes les parties de ma robe qui seront en réglisses rouges. Disons que quatre-vingt pour cent de la surface sera recouverte, je ne peux pas en supporter plus. Car il faut pouvoir porter le costume en classe pour être éligible au concours. Et m'asseoir toute la journée sur des réglisses qui prendront la forme de mes fesses, non merci !

Je vais aussi porter des chaussures en réglisses rouges. Et Kim travaille sur des bijoux, genre des colliers. Ça va être malade mental !

(…)

La vidéo de mon frère continue sa progression. Plus de sept cent mille personnes l'ont vue! Sept cent mille, c'est hallucinant. Et Tintin me disait que ça continue (à polluer Internet).

Et j'ai aussi appris ce que sera leur costume « communautaire ». C'est un cheval. Taille réelle. Tintin fait le derrière et Fred, le devant. Avec ses béquilles.

En fait, même si Tintin m'a dit qu'il n'était pas terminé, le costume ressemble plus à un animal écrasé par un tank qu'à un cheval. Le tissu brun coûtait trop cher, il ont dû en prendre un en solde, blanc avec un motif de train qui fait tchou-tchou. Comme il n'y en avait pas assez pour faire le cheval au complet, ils ont choisi un tissu de velours bleu recouvert de boules de Noël. Hum!

Le cheval a un air ahuri, les yeux sont vraiment trop grands pour la tête. Sa langue, du papier hygiénique coloré en rose, touche presque à terre et sa queue, c'est le vieux balai qui traîne dans le cabanon depuis 1792.

Pour le reste, et bien, ce sera demain parce que j'ai été chassée de la chambre de Fred.

« Communautaire », ce costume ? Hum…

Allez, je retourne au mien qui va être extra beau.

Publié le 30 octobre à 23 h 21 par Nam
Humeur : Satisfaite

> **Mission accomplie !**

Il est super tard, je sais, mais je suis pleine d'énergie. J'ai l'impression que je pourrais passer la nuit sans dormir. Je sais, c'est une mauvaise idée.

C'est terminé ! Il y a cinq minutes, on a posé la dernière réglisse rouge sur ma robe. Je l'ai essayée et elle est parfaite. Bon, c'est un vêtement recouvert de réglisses, donc pas super pratique pour courir, faire de la nage synchronisée ou du trampoline en jouant de la trompette, mais assez souple pour que je suive mes cours sans souci. 😊

Avec les souliers, il y a aussi, des bracelets et un chapeau, en réglisses ! Effectivement, Mom en a trouvé un. Kim a eu l'idée d'écrire, avec des réglisses, le mot « NAM » dessus.

C'est donc fini. Il ne reste qu'à attendre la réaction des autres. J'ai hâte !

(…)

Mon frère et Tintin regardent aux deux secondes le site des vidéos afin de suivre sa progression fulgurante. Il pensent se rendre à un million (MILLION !) de visiteurs cette nuit.

Je n'en reviens juste pas.

Mom non plus, d'ailleurs. L'une de ses collègues de travail lui a appris que son fils était devenu une vedette du Web. Elle était vraiment fâchée ce soir. Elle a engueulé Fred parce qu'il lui a désobéi. Mon frère lui a expliqué que « quelqu'un, quelque part » avait téléversé de nouveau la vidéo.

– Mais c'est illégal ! a dit Mom. Il faut le prévenir !

Un peu plus et elle téléphonait à la maman de l'internaute pour l'avertir que son enfant avait agi dans l'illégalité.

Là, je suis intervenue parce que Fred n'avait pas l'air de vouloir donner un cours d'Internet 101 à Mom, pourtant essentiel à sa compréhension des faits.

– Mom, la vidéo, c'est quelqu'un d'autre qui l'a téléchargée pendant qu'elle était en ligne. Et ce quelqu'un d'autre l'a téléversée sur un autre site. Fred n'a rien à voir.

– Ouais, j'ai rien à voir, a ajouté Fred, trop content que je lui vienne en aide.

Mom s'est calmée, mais elle a rappelé à mon gentil frère que s'il n'avait pas publié la vidéo une première fois, tout cela ne serait pas arrivé.

La solution, c'est d'attendre que le mal passe. Après quelques jours (j'espère !), plus personne n'en parlera. Après l'avoir visionnée, il faut vraiment être masochiste pour la regarder une autre fois.

Mon frère et Tintin se demandent ce qu'ils vont faire avec leur premier million de dollars. Fred veut s'acheter une fusée pour se rendre dans la stratosphère (quoi ?), tandis que Tintin l'investira en bourse, dans une compagnie produisant un carburant à base de légumes pourris.

Avec leur deuxième million de dollars, ils ont l'intention de se « faire plaisir ». Ils veulent s'acheter une super maison de la mort à cinq cents kilomètres d'ici, une sorte de château à trois étages. J'imagine assez mal mon frère s'occuper d'une maison de vingt-et-une pièces (!), lui qui a du mal à nouer ses lacets. 😊

Rêver, ça ne coûte rien. Mais je leur ai rappelé que plus d'un million de personnes avaient pu apprécier les talents de mon frère sans qu'il n'ait reçu encore un seul sou. Ils s'attendent à quoi ? Qu'on frappe à la porte et qu'un monsieur leur remette un chèque géant ? Que par magie, un million de dollars s'inscrivent dans leur compte de banque ? Que les feuilles de l'érable de la cour arrière se métamorphosent en billets de cinquante dollars ?

Pour eux, ça semble évident, ils sont déjà millionnaires.

(…)

Ma boîte de courriels est remplie de messages non sollicités (plus communément appelés *spam* ou, plus poétiquement, cochoncetés).

Ça m'écœure parce que j'avais réussi à garder ma boîte de réception propre jusqu'ici. Mon adresse, je ne la donne à personne, sauf à mes amis. Et je ne la diffuse nulle part.

On m'offre des bébelles qui valent habituellement entre cinq cents dollars et cinq dollars (!), des sites avec plein de filles qui n'ont pas assez d'argent pour s'acheter des vêtements et des médicaments pour augmenter la taille de mon *swizzle*. Faudrait que je commence par en avoir un... 😊 Et vu que ma puberté est pas mal complétée, je vais passer mon tour.

Pourquoi tant de courriels indésirables d'un seul coup ? Je ne suis pas nouille, je sais que la gentille demoiselle qui me déteste en est responsable. Certains sont à mon nom : « Namasté menteuse voleuse ».

Je me demande d'ailleurs comment elle a fait pour avoir mon adresse courriel. Qui la lui a donnée ?

J'y pense et repense et je n'arrive pas à trouver qui c'est.

J'en ai parlé à Mathieu. Dans un cas comme celui-là, il vaut mieux ne rien faire, pense-t-il. La personne qu'il appelle un « troll » va se lasser si je l'ignore. Par contre, si je lui réponds ou pars en guerre contre elle, elle se sentira toute-puissante. L'attention que je lui donne, c'est sa nourriture. Bref, je dois la laisser mourir de faim.

J'avais déjà entendu l'expression. Un troll, c'est une personne en manque d'estime de soi qui cherche à attirer l'attention pour combler son besoin d'amour. Si on réplique à ses attaques, le troll en rajoute parce que ça lui fait du bien. Et parce qu'il garde l'anonymat (argh !), il se permet des choses qu'il ne ferait pas s'il agissait à visage découvert ou qu'il devait dévoiler son identité. Finalement, c'est une poule mouillée avec un ordinateur !

À bas les trolls, ces Réglisses noires cybernétiques !

Parlant de réglisse noire, Michaël m'a demandé comment j'allais me rendre à l'école demain matin. Je lui ai dit que Grand-Papi irait nous reconduire, Tintin, Fred et moi. Il a fait le calcul : il reste une place dans l'auto. Il a proposé de venir avec nous.

J'ai dit oui. Je n'ai pas eu le choix. En plus, c'est sur notre chemin.

Allez, je dois dormir.

Attaqué!

Namxox

Publié le 31 octobre à 11 h 56 par Nam
Humeur : Folâtre (première fois de ma vie que
j'écris ce mot)

> *Les Oiseaux* de Michaël Hitchcock

Je sais que je ne devrais pas rire. Je le sais. Mais c'est plus fort que moi.

Je ne suis pas fine !

Ce matin, tel que prévu, Fred, Tintin et moi sommes montés dans l'auto de Grand-Papi. C'était une bonne chose parce qu'il pleuvait comme vache qui pisse (*dixit* notre super chauffeur).

Fred et Tintin se sont assis derrière. Comme il avait été décidé, Tintin est le derrière du cheval avec le balai et Fred est la tête à l'expression abasourdie (sans la langue rose parce qu'il manquait de papier hygiénique ce matin dans la salle de bains, Tintin n'aime pas utiliser des kleenex).

Le costume est, comment dire ? Pas terminé ? Fred et Tintin, dans leur bulle de millionnaires en puissance, se sont désintéressés de leur œuvre « communautaire ». Ce qui fait que c'est bien laid. Quand on colle le derrière avec le devant, avec mon frère en béquilles, ça donne une bête digne des cauchemars les plus terrifiants. C'est grotesque, ça fait peur, ça avance lentement, ça ressemble à tout sauf à un cheval. En plus, le derrière n'arrête pas de se plaindre au devant qu'il a mal au dos.

Une honte. Une autre ! 😒

Mais ce n'est pas ça qui me fait rigoler secrètement. (Non, ça, ça me fait pleurer.)

C'est Michaël.

Quand la voiture s'est arrêtée devant chez lui ce matin, il nous attendait. Sous la pluie, se protégeant tant bien que mal avec son sac à dos. Dans son costume.

Un bonbon, ça se dilue dans l'eau, surtout si l'eau est le moindrement chaude. La pluie de ce matin était tiède.

Michaël nous a salués de la main quand il nous a vus. Puis il s'est approché.

Catastrophe.

Premièrement, il n'avait pas essayé son costume avant. Donc avec toutes les réglisses noires, il marchait comme s'il portait un orchestre sur les épaules (avec le chef et sa baguette).

Sa démarche m'a fait penser aux scaphandriers du début du 20ᵉ siècle. Ils se déplaçaient sous l'eau avec un scaphandre qui pesait une tonne pour rester au fond. Chaque pas exigeait un effort surhumain.

C'est exactement ce qui se passait avec Michaël.

Dès qu'il mettait un pied devant l'autre, des réglisses se détachaient de son costume. Réglisses noires et colle blanche devenues gluantes sous la pluie.

– Il ne rentrera pas dans mon auto, a dit Grand-Papi.

– Dans le coffre arrière ? j'ai suggéré.

– Oh non. Au mieux, je pourrais l'attacher sur le capot.

Les bras et les jambes raides, dans l'impossibilité d'être en compétition avec un escargot paresseux, Michaël s'est encore rapproché. Mais avant qu'il nous rejoigne, surgis de nulle part, des goélands ont foncé sur lui. Pas deux ou trois. Genre dix ! 😳

Agressifs, ces rats géants ! Michaël, aussi agile qu'une roche, ne pouvait pas fuir ! Il a reculé et a heurté la poubelle qui s'est renversée. Et il est tombé.

C'est clair que les goélands l'avaient repéré à un kilomètre dans les airs. Une réglisse noire géante, un buffet sucré libre service, une occasion à ne pas manquer !

Bien entendu, je ne pouvais pas sortir, pour ne pas endommager mon costume.

– Fais quelque chose ! j'ai dit à Grand-Papi.

– On interviendra après. La pluie, ce n'est pas trop bon pour mes rhumatismes.

– Non ! Ils vont lui faire mal !

– Mais non. Tu as déjà entendu parler de goélands ayant blessé un ado, toi ? Pas moi.

Je me suis retournée. Fred et Tintin ont tout de suite regardé par les fenêtres de côté, comme s'il ne se passait rien !

– Les gars, j'ai dit.

– Je ne peux rien faire, a dit Fred en levant une de ses béquilles.

J'ai regardé Tintin.

– Allez ! Faut l'aider !

Un des goélands a poussé un cri. Il appelait ses amis en renfort !

– Tintin !

Il a levé les mains.

– D'accord, d'accord, j'y vais. Si au moins on pouvait filmer ça. On se ferait un autre million.

Le derrière du cheval est sorti et s'est élancé vers les goélands mangeurs de réglisses. Comme la seule chose qu'il avait pour se défendre était sa queue (le vieux balai pourri) et qu'elle était attachée au costume, eh bien, ce fut une défense assez pitoyable. Il agitait le balai de gauche à droite, sans vraiment effrayer les oiseaux et en criant : « Vade retro Satanas ! » Grand-Papi m'a dit que c'était du latin, ça veut dire « Arrière, Satan ! »

Ce sont les goélands qui auraient dû dire cela à Tintin ! Il me semble même en avoir entendu un ricaner. J'imagine bien un goéland rentrer à la maison ce soir et raconter à sa femme et à ses enfants avoir été agressé par un ado déguisé en fessier de cheval armé d'un balai. Et sa femme de dire :

– Ils sont fous ces humains !

Comme ça ne donnait strictement rien, Grand-Papi s'est impatienté et a commencé à klaxonner. Deux goélands se sont envolés, les autres sont restés.

– Oiseaux de malheur ! a grommelé Grand-Papi.

Il a abaissé son levier de vitesse et a foncé vers Michaël et Tintin. J'avais peur qu'il les frappe ! Mais il a freiné au bon moment, sans cesser de klaxonner.

Enfin, les oiseaux se sont envolés.

Michaël s'est relevé. Son costume était non seulement anéanti, mais plein de détritus étaient collés sur lui, venant de la poubelle.

Des voisins, alertés par les coups de klaxon, sont sortis sur leur perron. Quel spectacle ! Gratuit, en plus.

Michaël s'est penché à ma fenêtre.

– Je ne veux pas qu'il touche à mon auto ! m'a dit Grand-Papi.

J'ai baissé la vitre d'un centimètre.

– Est-ce que je suis correct pour l'école ? m'a demandé Michaël.

– Euh, non. Ils ne vont jamais te laisser entrer.

– Ferme ta fenêtre, il pue, m'a dit Fred, avec la classe d'un gentleman.

– Il n'a pas tort, a ajouté Grand-Papi. Peut-être que si je klaxonne, il va s'envoler ?

J'ai levé la main.

– Les gars !

– Écoute, euh, je crois qu'il vaudrait mieux que tu prennes une douche.

Piteux, Michaël a fait demi-tour et il est rentré chez lui.

Il faisait *full* pitié ! Pauvre ti-chou ! ☹

Et moi, la grosse méchante, je trouve ça drôle.

Il n'est toujours pas revenu à l'école. J'espère qu'il n'est pas trop blessé dans son orgueil.

Après les cours, c'est la remise des prix pour les meilleurs costumes. Je suis en compétition dans deux catégories, mais là, je dois y aller !

Publié le 31 octobre à 21 h 05 par Nam
Humeur : fatiguée

> Joyeux Halloween !

J'ai passé la soirée à distribuer des bonbons. Trop mignons les enfants qui sont venus cogner à notre porte ! Et j'ai vu les jumeaux Max, ils étaient déguisés en ouistitis. Ah ! Ah ! Ils m'ont donné un gros câlin et ils ne voulaient plus repartir. 😊

Maximilien a commencé à manger mon costume, mais bon. Je les aime quand même !

J'ai passé tout le reste des réglisses rouges. Parce que je donnais un paquet au complet de cinquante réglisses, les jeunes étaient soufflés par ma générosité. Moi aussi j'aurais aimé recevoir ça quand je passais Halloween !

Je suis donc responsable de je ne sais combien de maux de cœur dans le quartier. Encore une fois !

Au début de la soirée, Nath et Kim sont venues me rejoindre. Fred et Tintin se tenaient devant la maison, dans leur costume de cheval dégénéré, avec l'intention d'inviter les jeunes à s'arrêter. Comme ils en faisaient pleurer plus qu'ils en attiraient, je les ai chassés.

Il a aussi fallu surveiller Youki. Mon p'tit chien d'amooouuurrr était enragé ! Je ne sais pas trop pourquoi, mais il en avait contre le balai du derrière du cheval. On a dû l'enfermer dans la salle de bains pour qu'il se calme.

Peut-être qu'il est juste un chien qui a du goût, qui se fâche quand il voit un truc laid.

(...)

Quelle journée de fous ! Je ne suis pas malheureuse qu'elle soit terminée.

J'étais dans trois catégories à l'école, finalement. J'ai terminé deuxième pour « Le costume le plus original ». Les autres, « Le costume le plus beau » et « Le costume le plus recherché » sont allés à... mon frère et à Tintin ! Et comme on ne pouvait pas être deux, le derrière (Tintin) était le plus recherché et le devant (mon frère) le plus beau.

C'est une injustice flagrante !

Ex æquo, ils ont aussi remporté le prix du « Costume le plus laid ». Je ne comprends plus rien.

Faut dire que Fred est une vedette à l'école. Tout le monde a vu sa vidéo et tout le monde sait qu'il est reconnu mondialement pour émettre des sons extraterrestres. Mais j'ai appris que la majorité des gens pense qu'il fait semblant sur la vidéo ou que les sons qui sortent de sa bouche ont été ajoutés après l'enregistrement.

Lorsqu'on lui pose la question, Tintin ne répond pas, il veut perpétuer la « magie de l'illusion ».

La vidéo a maintenant été vue par plus de deux millions de personnes. Et Fred et Tintin ont encaissé zéro. Mais « ça s'en vient », il paraît.

(...)

Je n'ai pas revu Michaël de la journée. Je l'ai appelé ce soir, en arrivant de l'école. Il dit qu'il s'est senti humilié.

– Mais non, voyons, ça peut arriver à tout le monde.

Hum... Bon.

Il s'est aussi fait mal au dos en tombant sur la poubelle. Ça, c'est moins drôle.

Je lui ai dit que ça aurait été génial s'il ne s'était pas fait attaquer par des goélands hystériques. Qu'il allait mieux faire l'année prochaine. 😐

Dire que je voulais casser avec lui aujourd'hui. Je vais me reprendre.

(...)

La fille qui m'en veut commence à me taper royalement sur les nerfs. J'avais cent douze courriels indésirables ce soir ! Je vais garder mon calme. Je ne dois pas lui répondre.

Je crois que je vais me créer une nouvelle adresse. Dommage, je l'aimais, celle-là. Je m'y étais attachée. Et je l'ai depuis que je suis en cinquième année. Snif, snif...

(...)

Je suis allée voir Monsieur M. aujourd'hui. Cette suspension de l'équipe d'impro a duré trop longtemps. D'autant plus que je n'ai RIEN fait.

Il m'a dit de revenir demain, qu'il allait avoir des nouvelles.

D'ailleurs, Mom lui a parlé au sujet du harcèlement. Il m'a demandé de le prévenir si ça recommence.

Si demain l'histoire de l'impro n'est pas réglée, je vais agir d'une autre manière. Je sais que le directeur fait ce qu'il peut, mais j'en ai assez d'attendre. Ça doit se régler là. Maintenant.

Mathieu a eu une idée pour mettre de la pression sur la ligue : le boycott. Il va demander à tous les joueurs de ne pas enfiler le maillot des Dé-Gars tant et aussi longtemps que mon cas ne sera pas un mauvais souvenir.

Trop chou ! 😍 Je l'adore, ce mec. Vraiment.

Je suis fatiguée. Je vais aller dormir.

Demain est un autre jour. (C'est tellement poche comme proverbe ! C'est comme si je disais : « Rita n'est pas mon nom ».)

Bye !

Publié le 1er novembre à 11 h 55 par Nam
Humeur : Contrariée

> Ri-di-cu-le

C'est le dîner, mais je n'ai pas faim. Je reviens de chez Monsieur M. Ma suspension n'est toujours pas levée. Parce que la supposée « enquête » n'est pas terminée.

L'enquête! Quelle enquête ? Est-ce qu'ils ont engagé des policiers pour inspecter mes poubelles ? Pour m'écouter quand je parle au téléphone ? Pour m'épier quand je me rends à l'école ?

J'ai imprimé le courriel de la fille qui m'en veut et l'ai remis à Monsieur M. C'est une preuve. Monsieur M. l'a faxé au responsable de la ligue, devant moi.

Je suis fâchée. Le damné troll est vraiment parvenu à mettre la pagaille dans ma vie et ça me frustre. De quoi elle se mêle, cette fille ?

J'ai (à peine) déversé ma colère sur Monsieur M. Je sais qu'il est de mon bord, mais fallait que ça sorte. Il est gentil, il m'a écoutée sans demander qu'on me passe la camisole de force. ☺

Je ne sais même plus si ça me tente de faire de l'impro, avec tout ça. Il y a un entraînement demain et ça ne me dit rien du tout. Une fois qu'on aura prouvé que je suis innocente, peut-être que ça va revenir.

J'espère.

(…)

Mon frère a donné sa première entrevue ce matin ! À un poste de radio dans une ville au fin fond du pays. Je ne sais pas trop comment la station a fait pour le rejoindre, mais à cinq heures du matin, le téléphone a sonné. Une recherchiste voulait parler à « l'ado geignard » (c'est le surnom qu'on lui a donné sur le Net et perso, je trouve qu'il lui va très bien).

Tintin a essayé de négocier un cachet pour son « client », mais il le faisait gratuitement ou il ne passait pas.

On a écouté son entrevue sur le Net. Les animateurs (des gros épais) ont passé sept minutes et vingt-et-une secondes à rire de lui. Et comme Fred n'était pas trop réveillé, il n'a pas été capable de dire un mot de plus de deux syllabes. L'animateur a conclu que ça ne se voyait pas dans la vidéo, mais qu'il était « sûrement aussi tombé sur la tête ».

Bon.

Comme première dans le monde des médias, on a déjà vu mieux. Et on a probablement jamais vu pire aussi. 😐

Tintin dit que Fred devrait prendre des cours de diction pour mieux « élaborer sa pensée ». Une pensée ! Quelle pensée ?

Mathieu vient d'arriver dans la biblio. À plus.

Publié le 1er novembre à 17 h 12 par Nam

Humeur : Soulagée

> Ferai-je le saut ?

J'ai enfin eu une bonne nouvelle : ma suspension de l'équipe d'impro est levée ! Youpi !

Il était temps. Vraiment. C'était complètement absurde.

Le troll n'a pas gagné ! Hé, hé...

Mais il a fait des dégâts. Je n'ai plus trop le goût de faire de l'impro. Même si on forme une vraie équipe. Cet après-midi, Mathieu a expliqué à Marguerite que si je n'étais pas innocentée, toute l'équipe allait faire la grève. Marguerite, dont les perruques sont de plus en plus impossibles, a trouvé l'idée tellement bonne qu'elle a décidé de faire la grève en signe de solidarité.

Yééé ! C'est bon, se sentir appréciée comme ça.

Il me reste maintenant à retrouver ma passion. Sincèrement, l'idée d'affronter des joueurs qui croient que je suis une tricheuse ne m'enchante pas. La ligue va faire parvenir une lettre à toutes les équipes pour laver ma réputation. Quand même. Je n'ai pas le goût de me faire dévisager.

Je vais voir.

Monsieur Patrick m'a relancée avec cette idée de journal étudiant. Il a obtenu un budget et il est prêt à commencer. Il veut que je sois la rédactrice en chef. Je n'ai aucune idée de ce que fait une rédactrice en chef dans la vie, j'ai dit. Il va me montrer.

Je dois lui donner une réponse avant le début de la semaine prochaine. Ça me tente. Faudra voir le salaire qu'il m'offre. Hé, hé...

Parlant de salaire, Fred et Tintin ont entamé la route qui les mènera à leur premier million de dollars. Il y a un site internet qui répertorie les mèmes (mot que je viens de découvrir, ce sont les images ou vidéos ou textes publiés sur le Net qui deviennent des phénomènes parce qu'ils sont vus par un grand nombre de personnes).

Le but de ce site, situé en Scandinavie (sans blague), est de donner plus d'infos entourant les mèmes, pour démêler le vrai du faux. Il veut une copie de la radiographie de la jambe de Fred. Tintin a négocié vraiment serré et il a réussi à obtenir... vingt dollars.

Ne reste plus que neuf cent quatre-vingt-dix-neuf mille neuf cent quatre-vingt dollars avant d'atteindre leur objectif. 😀

Go, go, go !

Je vais manger.

Publié le 1er novembre à 19 h 02 par Nam
Humeur : Anéantie

> Je ne me sens pas bien

Je me suis toujours dit que c'était bon, écrire.

Mais là, je n'ai juste pas la force.

À l'heure du souper, on a sonné à la porte.

C'était Kim.

Elle s'est jetée dans mes bras.

Elle pleurait.

Je lui ai demandé plusieurs fois ce qui se passait.

Entre deux sanglots, elle m'a appris une nouvelle qui m'a fait l'effet d'une lame de couteau qu'on m'aurait plantée dans le coeur. Je tenais un verre d'eau dans ma main. Le verre est tombé. Fracassé en mille miettes.

J'ai l'impression que je fais un cauchemar. Je suis... Je suis sans mot.

C'est une tragédie.

À suivre dans

Le blogue de Namasté tome 8 :

Pour toujours

facebook

DEVIENS AMIE DU BLOGUE
DE NAMASTÉ
SUR FACEBOOK !

Dans la même série

Le blogue de Namasté – tome 6
Que le grand cric me croque !
Éditions La Semaine, 2010

Le blogue de Namasté – tome 5
La décision
Éditions La Semaine, 2010

Le blogue de Namasté – tome 4
Le secret de Kim
Éditions La Semaine, 2009

Le blogue de Namasté – tome 3
Le mystère du t-shirt
Réédition La Semaine, 2010

Le blogue de Namasté – tome 2
Comme deux poissons dans l'eau
Réédition La Semaine, 2010

Le blogue de Namasté – tome 1
La naissance de la Réglisse rouge
Réédition La Semaine, 2010

Autres titres du même auteur

Phobies-Zéro Jeunesse

Maxime Roussy est porte-parole de **PHOBIES-ZÉRO volet jeunesse**. Il s'est donné comme mission, entre autres, de démystifier les troubles d'anxiété chez les jeunes en leur racontant avec humour ses expériences liées à son trouble panique avec agoraphobie.

Tu n'es pas seul. Plusieurs personnes se sentent comme toi. La bonne nouvelle, c'est que nous pouvons t'aider!

Pour savoir par où commencer, visite le
www.phobies-zero.qc.ca/voletjeunesse

ou communique avec nous au :
514 276-3105 / 1 866 922-0002

Notre distributeur :

Messagerie de presse Benjamin
101, rue Henri-Bessemer, Bois-des-Filion (Québec)
J6Z 4S9

Tél. : 450 621-8167

ACHEVÉ D'IMPRIMER AU CANADA